AVENTURES D'ALICE
AU PAYS DES MERVEILLES

BY LEWIS CARROLL

TRANSLATED FROM THE ENGLISH BY
Henri Bué

WITH A NEW INTRODUCTION BY
Morton N. Cohen

WITH 42 ILLUSTRATIONS BY
John Tenniel

Dover Publications, Inc.
New York

This Dover edition, first published in 1972, is an unabridged and unaltered republication of the work originally published by Macmillan and Company in London in 1869. A new Introduction has been written especially for the Dover edition by Morton N. Cohen.

International Standard Book Number: 0-486-22836-3
Library of Congress Catalog Card Number: 74-189344

Manufactured in the United States of America
Dover Publications, Inc.
180 Varick Street
New York, N.Y. 10014

INTRODUCTION
TO THE DOVER EDITION

Alice's Adventures in Wonderland was not an immediate best seller when it first appeared in London in November, 1865. But it did get some good notices, and it sold well enough to cause its author to think of writing a sequel and to have the original translated into one or two languages. Indeed, the Reverend Charles Lutwidge Dodgson raised the question of translation with his publisher just nine months after the book appeared. In a letter dated August 24, 1866, he wrote to Macmillan: "I should be glad to know what you think of my idea of putting it into French, or German, or both, and trying for a Continental sale. I believe I could get either version well done in Oxford." Macmillan went along with the idea, and Dodgson immediately started soliciting opinions. The reactions must, however, have been discouraging. In the next letter to his publisher on the subject, he wrote that his friends "seem to think that the book is *untranslatable* . . . , the puns and songs being the chief obstacle." By the following spring, though, he changed his mind again. On March 19, 1867, he wrote Macmillan: "I am strongly advised to try a translation of *Alice* into *French,* on the ground that French children are not nearly so well off for well illustrated books as English or German. The great difficulty is, to find a man fit to try it, or at any rate to give an opinion as to whether it is feasible. A friend suggests that I should ask you to enquire of some of the great Paris booksellers. . . . One would wish of course to find some one who had written something of the sort, so as to have some sort of sympathy with the style: if possible, some one who wrote verses. The verses would be the great difficulty, as I fear if the originals are not known in France, the parodies would be unintelligible: in that case they had better perhaps be omitted."

Dodgson must have gone on making inquiries, for within a month he wrote to Macmillan again: "I have got hold of a capital *French* translator (I believe) for *Alice.* The *prose* he seems to be doing admirably—the verse I cannot judge of well. If you know any one capable of criticising French verse, I will send you specimens.'' Dodgson identified the translator as ''the son of M. Jules Bué, our teacher in French here,'' and he advised his publisher that he ''may as well be making ready for printing it in French, as I shall very soon be able to send you the first half.''

Jules T. T. Bué, as Dodgson notes, had been, since 1847, Taylorian Teacher of French at Oxford University. He had been awarded an honorary M.A. by Magdalen College, Oxford, in 1865. Dodgson had met the elder Bué in 1857, when they were fellow dinner guests of a colleague at another Oxford college. The two remained in touch, and Dodgson had, in fact, given Bué a copy of *Alice in Wonderland* in 1865.

Perhaps when Bué *père* heard that Dodgson was seeking a competent French translator for *Alice,* he recommended his own son, Henri. The younger Bué was unknown and at the beginning of his career, but Dodgson's early confidence in him was not misplaced: Henri Bué later distinguished himself not only as a translator, but also as an author and editor. His French school texts and readers were widely used and praised, and some were adopted by the School Board of London

and the Ministry of Education in Canada. One of
his texts actually reached its thirty-fifth edition
by 1914. For a time, he was also French Master
at the Merchant Taylors' School in London, and
then principal French Master at Christ's Hospi-
tal, Horsham.

We get an early indication that Bué *fils* was an
efficient worker, for on June 10, 1867, hardly two
months after he began work on the *Alice* translation, Dodgson was able to send Macmillan the
completed French version of the book. "There
are so many things in it (verses, puns, etc.) on
which I should like to collect opinions and suggestions from friends," Dodgson wrote his publisher,
"that I think the best thing will be to have the
whole set up in slip [that is, galley proofs], and
to send me 20 copies. These I will distribute
among friends, and after considering and em-
bodying suggestions, I will return it to you to be
arranged in pages with pictures."

Dodgson must have found the proofs of the
French *Alice* waiting for him at Christ Church
when he returned there on October 5, 1867, after a
summer on the Continent. And his diary tells us
that one of the people to whom he sent a set of
proofs was George du Maurier, the famous novel-
ist and illustrator, who made some suggestions
about the songs.

Dodgson could read French, but not well enough to satisfy himself. He had studied the language since his youth, constantly trying to improve his command of it. But when he saw Offenbach's *opéra bouffe Les Deux Aveugles* in London on May 11, 1867, he recorded in his diary that the piece "was lost on me, being all in French." Again he resolved to improve his French, and in fact arranged for Bué *père* to give him regular lessons.

Although Henri Bué's translation of *Alice* was clearly finished and in Macmillan's hands by June of 1867, a long, unaccountable delay occurred before Dodgson permitted the book to be published. We can only assume that he continued to gather comments and suggestions from those to whom he sent the twenty sets of proof. Possibly he was unhappy about the way the book had been set up in type, or he may have wanted better coordination between the type and the pictures than his printer at first achieved. He was, in any case, busy with many other matters, with his duties at Oxford and his work on other books, among them *Through the Looking-Glass* and *Phantasmagoria*. Whatever the reasons, the French version languished for some time, and on August 26, 1868, Dodgson's publisher wrote to remind him that the French *Alice* "has been in type for nearly a year" and asked him to "expedite matters." Despite this prompting, Dodgson replied that the book "must wait—and even when printed, I don't want the type broken up at all. If it is normal to make an annual charge for keeping type standing," he adds, "I will of course pay it." The delays continued for nearly another year—presumably while Dodgson assured himself that Bué had got all the puns and plays on words as "right" as possible.

Then, finally on May 4, 1869, Dodgson wrote Macmillan that he had "at last got the French *Alice* correct, and the whole . . . may now go to Press." On August 3, 1869, he noted in his diary that the French version of *Alice* "is just out" and that he had been sending off copies of the book to friends.

We do not know how successful the original French *Alice* was commercially. On December 4, 1869, just a few months after it was published, Macmillan wrote Dodgson that "the French and German move slowly—but they do a little." All the same, the book must have caught on, for it remained in print a long time, and there have been at least seventeen subsequent translations of it into French. Bué's initial translation certainly possesses a remarkable freshness and originality, no doubt the result of all the care that both Bué

and Dodgson lavished on it. Perhaps that loving
care is best illustrated by comparing Bué's French
"Mouse's Tale" with Dodgson's original English:

"Fury said to
a mouse, That
 he met in the
  house, 'Let
   us both go
    to law: *I*
    will prose-
    cute *you.—*
   Come, I'll
   take no de-
  nial: We
  must have
  the trial;
 For really
 this morn-
ing I've
nothing
to do.'
 Said the
 mouse to
  the cur,
   'Such a
   trial, dear
    sir, With
    no jury
    or judge,
     would
    be wast-
    ing our
   breath.'
  'I'll be
  judge,
 I'll be
 jury,'
 said
 cun-
 ning
 o l d
 Fury;
  'I'll
  t r y
  t h e
   whole
   cause,
   a n d
   con-
   demn
  you to
death.'

" Canichon dit à
 la Souris, Qu'il
  rencontra
  dans le
   logis :
  " Je crois
  le moment
  fort propice
 De te faire
 aller en justice.
  Je ne
  doute pas
  du succès
  Que doit
  avoir
 notre procès.
Vite, allons,
commençons
l'affaire.
 Ce matin
 je n'ai rien
  à faire."
   La Souris
   dit à
  Canichon :
  " Sans juge
 et sans
jurés,
 mon bon !"
 Mais
 Canichon
  plein de
  malice
  Dit :
 " C'est moi
 qui suis
  la justice,
  Et, que
  tu ales
  raison
  ou tort,
  Je vais te
  condamner
   à mort."

The entire book is, as one reviewer put it at the time, "a delicious translation." And it is easy to share that same reviewer's further sentiments: "We could almost (almost, but not quite) wish we had never read it in English, in order to have the pleasure of reading it in French. If this volume does not help the young folk on in their French studies we shall be grievously mistaken. It is an exquisite book in appearance: the same size, type, and illustrations as the original volume; and the fun is wonderfully preserved."* More than a century has now passed since the first French *Alice* appeared, and the astonishing fact is that time has not diminished its many joys. The French *Alice,* like its original English big sister, is not dated. A classic in its own right, it appeals to something quintessential in all readers of all ages in all times.

MORTON N. COHEN

New York, 1972

*"Book Notices," *Aunt Judy's Magazine,* VIII (November 1, 1869), 61.

Notre barque glisse sur l'onde
Que dorent de brûlants rayons ;
Sa marche lente et vagabonde
Témoigne que des bras mignons,
Pleins d'ardeur, mais encore novices,
Tout fiers de ce nouveau travail,
Mènent au gré de leurs caprices
Les rames et le gouvernail.

Soudain trois cris se font entendre,
Cris funestes à la langueur
Dont je ne pouvais me défendre
Par ce temps chaud, qui rend rêveur.

" Un conte ! Un conte ! " disent-elles
Toutes d'une commune voix.
Il fallait céder aux cruelles ;
Que pouvais-je, hélas ! contre trois !

La première, d'un ton suprême,
Donne l'ordre de commencer.
La seconde, la douceur même,
Se contente de demander
Des choses à ne pas y croire.
Nous ne fûmes interrompus
Par la troisième, c'est notoire,
Qu'une fois par minute, au plus.

Puis, muettes, prêtant l'oreille
Au conte de l'enfant rêveur,
Qui va de merveille en merveille
Causant avec l'oiseau causeur ;

Leur esprit suit la fantaisie
Où se laisse aller le conteur,
Et la vérité tôt oublie
Pour se confier à l'erreur.

Le conteur (espoir chimérique !)
Cherche, se sentant épuisé,
A briser le pouvoir magique
Du charme qu'il a composé,
Et " Tantôt " voudrait de ce rêve
Finir le récit commencé :
" Non, non, c'est tantôt ! pas de trève ! "
Est le jugement prononcé.

Ainsi du pays des merveilles
Se racontèrent lentement
Les aventures sans pareilles,
Incident après incident.

Alors vers le prochain rivage
Où nous devions tous débarquer
Rama le joyeux équipage ;
La nuit commençait à tomber.

Douce Alice, acceptez l'offrande
De ces gais récits enfantins,
Et tressez-en une guirlande,
Comme on voit faire aux pélerins
De ces fleurs qu'ils ont recueillies,
Et que plus tard, dans l'avenir,
Bien qu'elles soient, hélas ! flétries,
Ils chérissent en souvenir.

TABLE.

[L'Auteur désire exprimer ici sa reconnaissance envers le Traducteur de ce qu'il a remplacé par des parodies de sa composition quelques parodies de morceaux de poésie anglais, qui n'avaient de valeur que pour des enfants anglais ; et aussi, de ce qu'il a su donner en jeux de mots français les équivalents des jeux de mots anglais, dont la traduction n'était pas possible.]

AVENTURES D'ALICE
AU PAYS DES MERVEILLES

CHAPITRE PREMIER.

AU FOND DU TERRIER.

ALICE, assise auprès de sa sœur sur le gazon,
commençait à s'ennuyer de rester là à ne rien
faire ; une ou deux fois elle avait jeté les yeux
sur le livre que lisait sa sœur ; mais quoi ! pas
d'images, pas de dialogues ! "La belle avance,"

pensait Alice, "qu'un livre sans images, sans causeries ! "

Elle s'était mise à réfléchir, (tant bien que mal, car la chaleur du jour l'endormait et la rendait lourde,) se demandant si le plaisir de faire une couronne de marguerites valait bien la peine de se lever et de cueillir les fleurs, quand tout à coup un lapin blanc aux yeux roses passa près d'elle.

Il n'y avait rien là de bien étonnant, et Alice ne trouva même pas très-extraordinaire d'entendre parler le Lapin qui se disait : "Ah ! j'arriverai trop tard ! " (En y songeant après, il lui sembla bien qu'elle aurait dû s'en étonner, mais sur le moment cela lui avait paru tout naturel.) Cependant, quand le Lapin vint à tirer une montre de son gousset, la regarda, puis se prit à courir de plus belle, Alice sauta sur ses pieds, frappée de cette idée que jamais elle n'avait vu de lapin avec un gousset et une montre. Entraînée par la curiosité elle s'élança sur ses traces à travers le champ, et arriva tout juste à temps pour le voir disparaître dans un large trou au pied d'une haie.

Un instant après, Alice était à la poursuite du Lapin dans le terrier, sans songer comment elle en sortirait.

Pendant un bout de chemin le trou allait tout droit comme un tunnel, puis tout à coup il plongeait perpendiculairement d'une façon si brusque qu'Alice se sentit tomber comme dans un puits d'une grande profondeur, avant même d'avoir pensé à se retenir.

De deux choses l'une, ou le puits était vraiment bien profond, ou elle tombait bien doucement ; car elle eut tout le loisir, dans sa chute, de regarder autour d'elle et de se demander avec étonnement ce qu'elle allait devenir. D'abord elle regarda dans le fond du trou pour savoir où elle allait ; mais il y faisait bien trop sombre pour y rien voir. Ensuite elle porta les yeux sur les parois du puits, et s'aperçut qu'elles étaient garnies d'armoires et d'étagères ; çà et là, elle vit pendues à des clous des cartes géographiques et des images. En passant elle prit sur un rayon un pot de confiture portant cette étiquette, " MARMELADE

D'ORANGES." Mais, à son grand regret, le pot
était vide : elle n'osait le laisser tomber dans la
crainte de tuer quelqu'un ; aussi s'arrangea-t-elle
de manière à le déposer en passant dans une des
armoires.

"Certes," dit Alice, "après une chute pareille
je ne me moquerai pas mal de dégringoler l'escalier !   Comme ils vont me trouver brave chez
nous !   Je tomberais du haut des toits que je
ne ferais pas entendre une plainte." (Ce qui était
bien probable.)

Tombe, tombe, tombe ! " Cette chute n'en
finira donc pas ! Je suis curieuse de savoir combien de milles j'ai déjà faits," dit-elle tout haut.
"Je dois être bien près du centre de la terre.
Voyons donc, cela serait à quatre mille milles de
profondeur, il me semble." (Comme vous voyez,
Alice avait appris pas mal de choses dans ses
leçons ; et bien que ce ne fût pas là une très-
bonne occasion de faire parade de son savoir, vu
qu'il n'y avait point d'auditeur, cependant c'était
un bon exercice que de répéter sa leçon.)   "Oui,

c'est bien à peu près cela ; mais alors à quel degré de latitude ou de longitude est-ce que je me trouve ? " (Alice n'avait pas la moindre idée de ce que voulait dire latitude ou longitude, mais ces grands mots lui paraissaient beaux et sonores.)

Bientôt elle reprit : " Si j'allais traverser complétement la terre ? Comme ça serait drôle de se trouver au milieu de gens qui marchent la tête en bas. Aux Antipathies, je crois." (Elle n'était pas fâchée cette fois qu'il n'y eût personne là pour l'entendre, car ce mot ne lui faisait pas l'effet d'être bien juste.) "Eh mais, j'aurai à leur demander le nom du pays.—Pardon, Madame, est-ce ici la Nouvelle-Zemble ou l'Australie ? "—En même temps elle essaya de faire la révérence. (Quelle idée ! Faire la révérence en l'air ! Dites-moi un peu, comment vous y prendriez-vous ?) " ' Quelle petite ignorante !' pensera la dame quand je lui ferai cette question. Non, il ne faut pas demander cela ; peut-être le verrai-je écrit quelque part."

Tombe, tombe, tombe ! — Donc Alice, faute d'avoir rien de mieux à faire, se remit à se parler : " Dinah remarquera mon absence ce soir, bien sûr." (Dinah c'était son chat.) " Pourvu qu'on n'oublie pas de lui donner sa jatte de lait à l'heure du thé. Dinah, ma minette, que n'es-tu ici avec moi ? Il n'y a pas de souris dans les airs, j'en ai bien peur ; mais tu pourrais attraper une chauve-souris, et cela ressemble beaucoup à une souris, tu sais. Mais les chats mangent-ils les chauves-souris ? " Ici le sommeil commença à gagner Alice. Elle répétait, à moitié endormie : " Les chats mangent-ils les chauves-souris ? Les chats mangent-ils les chauves-souris ?" Et quelquefois : " Les chauves-souris mangent-elles les chats ? " Car vous comprenez bien que, puisqu'elle ne pouvait répondre ni à l'une ni à l'autre de ces questions, peu importait la manière de les poser. Elle s'assoupissait et commençait à rêver qu'elle se promenait tenant Dinah par la main, lui disant très-sérieusement : " Voyons, Dinah, dis-moi la vérité, as-tu jamais mangé des chauves-souris ? " Quand tout à coup, pouf ! la voilà étendue sur un tas de fagots et de feuilles sèches,—et elle a fini de tomber.

Alice ne s'était pas fait le moindre mal. Vite elle se remet sur ses pieds et regarde en l'air ; mais tout est noir là-haut. Elle voit devant elle un long passage et le Lapin Blanc qui court à toutes jambes. Il n'y a pas un instant à perdre ; Alice part comme le vent et arrive tout juste à temps pour entendre le Lapin dire, tandis qu'il tourne le coin : " Par ma moustache et mes oreilles, comme il se fait tard ! " Elle n'en était plus qu'à deux pas : mais le coin tourné, le Lapin avait disparu. Elle se trouva alors dans une salle longue et basse, éclairée par une rangée de lampes pendues au plafond.

Il y avait des portes tout autour de la salle : ces portes étaient toutes fermées, et, après avoir vainement tenté d'ouvrir celles du côté droit, puis celles du côté gauche, Alice se promena tristement au beau milieu de cette salle, se demandant comment elle en sortirait.

Tout à coup elle rencontra sur son passage une petite table à trois pieds, en verre massif, et rien dessus qu'une toute petite clef d'or. Alice pensa

aussitôt que ce pouvait être celle d'une des
portes ; mais hélas ! soit que les serrures fussent
trop grandes, soit que la clef fût trop petite, elle
ne put toujours en ouvrir aucune. Cependant,

ayant fait un
second tour, elle
aperçut un rideau
placé très-bas et
qu'elle n'avait pas
vu d'abord ; par
derrière se trou-
vait encore une
petite porte à
peu près quinze
pouces de haut ;
elle essaya la petite clef d'or à la serrure, et, à sa
grande joie, il se trouva qu'elle y allait à merveille.
Alice ouvrit la porte, et vit qu'elle conduisait dans
un étroit passage à peine plus large qu'un trou à
rat. Elle s'agenouilla, et, jetant les yeux le long
du passage, découvrit le plus ravissant jardin du
monde. Oh ! Qu'il lui tardait de sortir de cette

salle ténébreuse et d'errer au milieu de ces carrés de fleurs brillantes, de ces fraîches fontaines! Mais sa tête ne pouvait même pas passer par la porte. " Et quand même ma tête y passerait," pensait Alice, " à quoi cela servirait-il sans mes épaules? Oh! que je voudrais donc avoir la faculté de me fermer comme un télescope! Ça se pourrait peut-être, si je savais comment m'y prendre." Il lui était déjà arrivé tant de choses extraordinaires, qu'Alice commençait à croire qu'il n'y en avait guère d'impossibles.

Comme cela n'avançait à rien de passer son temps à attendre à la petite porte, elle retourna vers la table, espérant presque y trouver une autre clef, ou tout au moins quelque grimoire donnant les règles à suivre pour se fermer comme un télescope. Cette fois elle trouva sur la table une petite bouteille (qui certes n'était pas là tout à l'heure). Au cou de cette petite bouteille était attachée une étiquette en papier, avec ces mots " BUVEZ-MOI " admirablement imprimés en grosses lettres.

C'est bien facile à dire "*Buvez-moi*," mais Alice
était trop fine pour obéir à l'aveuglette. "Examinons
d'abord," dit-elle, "et voyons s'il y a écrit dessus
'*Poison*' ou non."
Car elle avait lu
dans de jolis petits
contes, que des en-
fants avaient été
brûlés, dévorés par
des bêtes féroces, et
qu'il leur était arrivé
d'autres choses très-
désagréables, tout
cela pour ne s'être
pas souvenus des
instructions bien

simples que leur donnaient leurs parents : par
exemple, que le tisonnier chauffé à blanc brûle les
mains qui le tiennent trop longtemps ; que si
on se fait au doigt une coupure profonde, il saigne
d'ordinaire ; et elle n'avait point oublié que si
l'on boit immodérément d'une bouteille marquée

"*Poison*" cela ne manque pas de brouiller le cœur tôt ou tard.

Cependant, comme cette bouteille n'était pas marquée "*Poison*," Alice se hasarda à en goûter le contenu, et le trouvant fort bon, (au fait c'était comme un mélange de tarte aux cerises, de crême, d'ananas, de dinde truffée, de nougat, et de rôties au beurre,) elle eut bientôt tout avalé.

   *   *   *   *
      *   *   *
 *   *   *   *

"Je me sens toute drôle," dit Alice, "on dirait que je rentre en moi-même et que je me ferme comme un télescope." C'est bien ce qui arrivait en effet. Elle n'avait plus que dix pouces de haut, et un éclair de joie passa sur son visage à la pensée qu'elle était maintenant de la grandeur voulue pour pénétrer par la petite porte dans ce beau jardin. Elle attendit pourtant quelques minutes, pour voir si elle allait rapetisser encore. Cela lui faisait bien un peu peur. "Songez donc," se disait Alice, "je pourrais bien finir par

m'éteindre comme une chandelle. Que deviendrais-
je alors ? " Et elle cherchait à s'imaginer l'air
que pouvait avoir la flamme d'une chandelle
éteinte, car elle ne se rappelait pas avoir jamais
rien vu de la sorte.

Un moment après, voyant qu'il ne se passait
plus rien, elle se décida à aller de suite au jardin ;
mais hélas, pauvre Alice ! en arrivant à la porte,
elle s'aperçut qu'elle avait oublié la petite clef
d'or. Elle revint sur ses pas pour la prendre sur
la table. Bah ! impossible d'atteindre à la clef
qu'elle voyait bien clairement à travers le verre.
Elle fit alors tout son possible pour grimper le
long d'un des pieds de la table, mais il était trop
glissant ; et enfin, épuisée de fatigue, la pauvre
enfant s'assit et pleura.

"Allons, à quoi bon pleurer ainsi," se dit Alice
vivement. " Je vous conseille, Mademoiselle, de
cesser tout de suite ! " Elle avait pour habitude
de se donner de très-bons conseils (bien qu'elle les
suivît rarement), et quelquefois elle se grondait si
fort que les larmes lui en venaient aux yeux ; une

fois même elle s'était donné des tapes pour avoir triché dans une partie de croquet qu'elle jouait toute seule ; car cette étrange enfant aimait beaucoup à fáire deux personnages. "Mais," pensa la pauvre Alice, "il n'y a plus moyen de faire deux personnages, à présent qu'il me reste à peine de quoi en faire un."

Elle aperçut alors une petite boîte en verre qui était sous la table, l'ouvrit et y trouva un tout petit gâteau sur lequel les mots "MANGEZ-MOI" étaient admirablement tracés avec des raisins de Corinthe. "Tiens, je vais le manger," dit Alice : "si cela me fait grandir, je pourrai atteindre à la clef ; si cela me fait rapetisser, je pourrai ramper sous la porte ; d'une façon ou de l'autre, je pénétrerai dans le jardin, et alors, arrive que pourra !"

Elle mangea donc un petit morceau du gâteau, et, portant sa main sur sa tête, elle se dit tout inquiète : "Lequel est-ce ? Lequel est-ce ?" Elle voulait savoir si elle grandissait ou rapetissait, et fut tout étonnée de rester la même ; franche-

ment, c'est ce qui arrive le plus souvent lorsqu'on
mange du gâteau ; mais Alice avait tellement pris
l'habitude de s'attendre à des choses extraordinaires, que cela lui paraissait ennuyeux et stupide
de vivre comme tout le monde.

Aussi elle se remit à l'œuvre, et eut bien vite
fait disparaître le gâteau.

CHAPITRE II.

LA MARE AUX LARMES.

"DE plus très-cu-
rieux en plus très-
curieux !" s'écria Alice
(sa surprise était si
grande qu'elle ne pou-
vait s'exprimer correc-
tement) : "Voilà que
je m'allonge comme le
plus grand télescope
qui fût jamais ! Adieu
mes pieds !" (Elle
venait de baisser les
yeux, et ses pieds lui
semblaient s'éloigner à
perte de vue.) "Oh !
mes pauvres petits
pieds ! Qui vous met-

tra vos bas et vos souliers maintenant, mes mignons ? Quant à moi, je ne le pourrai certainement pas ! Je serai bien trop loin pour m'occuper de vous : arrangez-vous du mieux que vous pourrez.—Il faut cependant que je sois bonne pour eux," pensa Alice, " sans cela ils refuseront peut-être d'aller du côté que je voudrai. Ah ! je sais ce que je ferai : je leur donnerai une belle paire de bottines à Noël."

Puis elle chercha dans son esprit comment elle s'y prendrait. " Il faudra les envoyer par le messager," pensa-t-elle ; " quelle étrange chose d'envoyer des présents à ses pieds ! Et l'adresse donc ! C'est cela qui sera drôle.

>A *Monsieur Lepiédroit d'Alice,*
>>*Tapis du foyer,*
>>>*Près le garde-feu.*
>>>(*De la part de Mlle Alice.*)

Oh ! que d'enfantillages je dis là ! "

Au même instant, sa tête heurta contre le plafond de la salle : c'est qu'elle avait alors un peu

plus de neuf pieds de haut. Vite elle saisit la
petite clef d'or et courut à la porte du jardin.

Pauvre Alice ! C'est tout ce qu'elle put faire,
après s'être étendue de tout son long sur le côté,
que de regarder du coin de l'œil dans le jardin.
Quant à traverser le passage, il n'y fallait plus
songer. Elle s'assit donc, et se remit à pleurer.

"Quelle honte !" dit Alice. "Une grande fille
comme vous " ('grande' était bien le mot) "pleurer
de la sorte ! Allons, finissez, vous dis-je !" Mais
elle continua de pleurer, versant des torrents de
larmes, si bien qu'elle se vit à la fin entourée
d'une grande mare, profonde d'environ quatre
pouces et s'étendant jusqu'au milieu de la salle.

Quelque temps après, elle entendit un petit bruit
de pas dans le lointain ; vite, elle s'essuya les yeux
pour voir ce que c'était. C'était le Lapin Blanc,
en grande toilette, tenant d'une main une paire de
gants paille, et de l'autre un large éventail. Il ac-
courait tout affairé, marmottant entre ses dents :
"Oh ! la Duchesse, la Duchesse ! Elle sera dans
une belle colère si je l'ai fait attendre !" Alice se

trouvait si malheureuse, qu'elle était disposée à demander secours au premier venu ; ainsi, quand le Lapin fut près d'elle, elle lui dit d'une voix humble et timide, "Je vous en prie, Monsieur—" Le Lapin tressaillit d'épouvante, laissa tomber les gants et l'éventail, se mit à courir à toutes jambes et disparut dans les ténèbres.

Alice ramassa les gants et l'éventail, et, comme il faisait très-chaud dans cette salle, elle s'éventa tout en se faisant la conversation : " Que tout est étrange, aujourd'hui ! Hier les choses se passaient comme à l'ordinaire. Peut-être m'a-t-on changée cette nuit ! Voyons, étais-je la même petite fille ce matin en me levant ?—Je crois bien me rappeler que je me suis trouvée un peu différente.—Mais si je ne suis pas la même, qui suis-je donc, je vous prie ? Voilà l'embarras." Elle se mit à passer en revue dans son esprit toutes les petites filles de son âge qu'elle connaissait, pour voir si elle avait été transformée en l'une d'elles.

" Bien sûr, je ne suis pas Ada," dit-elle. " Elle a de longs cheveux bouclés et les miens ne frisent pas du tout.—Assurément je ne suis pas Mabel, car je sais tout plein de choses et Mabel ne sait presque rien ; et puis, du reste, Mabel, c'est Mabel ; Alice c'est Alice !—Oh ! mais quelle énigme que cela !— Voyons si je me souviendrai de tout ce que je

savais : quatre fois cinq font douze, quatre fois six
font treize, quatre fois sept font—— je n'arriverai
jamais à vingt de ce train-là.   Mais peu importe
la table de multiplication.   Essayons de la Géogra-
phie : Londres est la capitale de Paris, Paris la
capitale de Rome, et Rome la capitale de—Mais
non, ce n'est pas cela, j'en suis bien sûre !   Je dois
être changée en Mabel !—Je vais tâcher de réciter
Maître Corbeau."   Elle croisa les mains sur ses
genoux comme quand elle disait ses leçons, et se
mit à répéter la fable, d'une voix rauque et
étrange, et les mots ne se présentaient plus comme
autrefois :

> " *Maître Corbeau sur un arbre perché,*
>   *Faisait son nid entre des branches ;*
>   *Il avait relevé ses manches,*
>   *Car il était très-affairé.*
>   *Maître Renard, par là passant,*
>   *Lui dit : ' Descendez donc, compère ;*
>   *Venez embrasser votre frère.'*
>   *Le Corbeau, le reconnaissant,*
>   *Lui répondit en son ramage :*
>   *' Fromage.' *"

“Je suis bien sûre que ce n’est pas ça du tout,” s’écria la pauvre Alice, et ses yeux se remplirent de larmes. “Ah! je le vois bien, je ne suis plus Alice, je suis Mabel, et il me faudra aller vivre dans cette vilaine petite maison, où je n’aurai presque pas de jouets pour m’amuser.—Oh! que de leçons on me fera apprendre!—Oui, certes, j’y suis bien résolue, si je suis Mabel je resterai ici. Ils auront beau passer la tête là-haut et me crier, ‘Reviens auprès de nous, ma chérie!’ Je me contenterai de regarder en l’air et de dire, ‘Dites-moi d’abord qui je suis, et, s’il me plaît d’être cette personne-là, j’irai vous trouver; sinon, je resterai ici jusqu’à ce que je devienne une autre petite fille.’—Et pourtant,” dit Alice en fondant en larmes, “je donnerais tout au monde pour les voir montrer la tête là-haut! Je m’ennuie tant d’être ici toute seule.”

Comme elle disait ces mots, elle fut bien surprise de voir que tout en parlant elle avait mis un des petits gants du Lapin. “Comment ai-je pu mettre ce gant?” pensa-t-elle. “Je rapetisse donc

de nouveau ?" Elle se leva, alla près de la table
pour se mesurer, et jugea, autant qu'elle pouvait
s'en rendre compte, qu'elle avait environ deux pieds
de haut, et continuait de raccourcir rapidement.

Bientôt elle s'aperçut que l'éventail qu'elle
avait à la main en était la cause ; vite elle le
lâcha, tout juste à temps pour s'empêcher de disparaître tout à fait.

"Je viens de l'échapper belle," dit Alice, tout
émue de ce brusque changement, mais bien aise de
voir qu'elle existait encore. "Maintenant, vite au
jardin !"—Elle se hâta de courir vers la petite
porte ; mais hélas ! elle s'était refermée et la petite
clef d'or se trouvait sur la table de verre, comme
tout à l'heure. "Les choses vont de mal en pis,"
pensa la pauvre enfant. "Jamais je ne me suis
vue si petite, jamais ! Et c'est vraiment par
trop fort !"

A ces mots son pied glissa, et flac ! La voilà
dans l'eau salée jusqu'au menton. Elle se crut
d'abord tombée dans la mer. "Dans ce cas je re-
tournerai chez nous en chemin de fer," se dit-elle.

(Alice avait été au bord de la mer une fois en sa vie, et se figurait que sur n'importe quel point des côtes se trouvent un grand nombre de cabines pour les baigneurs, des enfants qui font des trous dans le sable avec des pelles en bois, une longue ligne de maisons garnies, et derrière ces maisons une gare de chemin de fer.) Mais elle comprit bientôt qu'elle était dans une mare formée des larmes qu'elle avait pleurées, quand elle avait neuf pieds de haut.

"Je voudrais bien n'avoir pas tant pleuré," dit Alice tout en nageant de côté et d'autre pour tâcher de sortir de là. "Je vais en être punie sans doute, en me noyant dans mes propres larmes. C'est cela qui sera drôle ! Du reste, tout est drôle aujourd'hui."

Au même instant elle entendit patauger dans la mare à quelques pas de là, et elle nagea de ce côté pour voir ce que c'était. Elle pensa d'abord que ce devait être un cheval marin ou hippopotame ; puis elle se rappela combien elle était petite maintenant, et découvrit bientôt que c'était tout simplement une souris qui, comme elle, avait glissé dans la mare.

"Si j'adressais la parole à cette souris ? Tout est si extraordinaire ici qu'il se pourrait bien qu'elle sût parler : dans tous les cas, il n'y a pas de mal à essayer." Elle commença donc : " O Souris, savez-vous comment on pourrait sortir de cette mare ? Je suis bien fatiguée de nager, O Souris ! " (Alice pensait que c'était là la bonne manière d'interpeller une souris. Pareille chose ne lui était jamais arrivée, mais elle se souvenait d'avoir vu dans la grammaire latine de son frère : —"La souris, de la souris, à la souris, ô souris.")

La Souris la regarda d'un air inquisiteur ; Alice crut même la voir cligner un de ses petits yeux, mais elle ne dit mot.

"Peut-être ne comprend-elle pas cette langue," dit Alice ; "c'est sans doute une souris étrangère nouvellement débarquée. Je vais essayer de lui parler italien : 'Dove è il mio gatto ?' " C'étaient là les premiers mots de son livre de dialogues. La Souris fit un bond hors de l'eau, et parut trembler de tous ses membres. "Oh ! mille pardons !" s'écria vivement Alice, qui craignait d'avoir fait de la peine au pauvre animal. "J'oubliais que vous n'aimez pas les chats."

"Aimer les chats !" cria la Souris d'une voix perçante et colère. "Et vous, les aimeriez-vous si vous étiez à ma place ?"

"Non, sans doute," dit Alice d'une voix caressante, pour l'apaiser. "Ne vous fâchez pas. Pourtant je voudrais bien vous montrer Dinah, notre chatte. Oh ! si vous la voyiez, je suis sûre que vous prendriez de l'affection pour les chats. Dinah est si douce et si gentille." Tout en nageant

nonchalamment dans la mare et parlant moitié à
part soi, moitié à la Souris, Alice continua : " Elle
se tient si gentiment auprès du feu à faire son
rouet, à se lécher les pattes, et à se débarbouiller ;

son poil est si doux à caresser ; et comme elle
attrape bien les souris !—Oh ! pardon ! " dit encore
Alice, car cette fois le poil de la Souris s'était
tout hérissé, et on voyait bien qu'elle était fâchée
tout de bon. "Nous n'en parlerons plus si cela
vous fait de la peine."

"Nous ! dites-vous," s'écria la Souris, en tremblant de la tête à la queue. "Comme si moi je parlais jamais de pareilles choses! Dans notre famille on a toujours détesté les chats, viles créatures sans foi ni loi. Que je ne vous en entende plus parler!"

"Eh bien non," dit Alice, qui avait hâte de changer la conversation. "Est-ce que—est-ce que vous aimez les chiens?" La Souris ne répondit pas, et Alice dit vivement: "Il y a tout près de chez nous un petit chien bien mignon que je voudrais vous montrer! C'est un petit terrier aux yeux vifs, avec de longs poils bruns frisés! Il rapporte très-bien; il se tient sur ses deux pattes de derrière, et fait le beau pour avoir à manger. Enfin il fait tant de tours que j'en oublie plus de la moitié! Il appartient à un fermier qui ne le donnerait pas pour mille francs, tant il lui est utile; il tue tous les rats et aussi—— Oh!" reprit Alice d'un ton chagrin, "voilà que je vous ai encore offensée!" En effet, la Souris s'éloignait en nageant de toutes ses forces, si bien que l'eau de la mare en était tout agitée.

Alice la rappela doucement : " Ma petite
Souris ! Revenez, je vous en prie, nous ne parlerons plus ni de chien ni de chat, puisque vous
ne les aimez pas ! "

A ces mots la Souris fit volte-face, et se rap-
procha tout doucement ; elle était toute pâle (de
colère, pensait Alice). La Souris dit d'une voix
basse et tremblante : " Gagnons la rive, je vous
conterai mon histoire, et vous verrez pourquoi je
hais les chats et les chiens."

Il était grand temps de s'en aller, car la mare
se couvrait d'oiseaux et de toutes sortes d'animaux
qui y étaient tombés. Il y avait un canard, un
dodo, un lory, un aiglon, et d'autres bêtes extraordinaires. Alice prit les devants, et toute la
troupe nagea vers la rive.

CHAPITRE III.

LA COURSE COCASSE.

Ils formaient une assemblée bien grotesque ces êtres singuliers réunis sur le bord de la mare ; les uns avaient leurs plumes tout en désordre, les autres le poil plaqué contre le corps. Tous étaient trempés, de mauvaise humeur, et fort mal à l'aise.

" Comment faire pour nous sécher ? " ce fut la première question, cela va sans dire. Au bout de quelques instants, il sembla tout naturel à Alice de causer familièrement avec ces animaux, comme si elle les connaissait depuis son berceau. Elle eut même une longue discussion avec le Lory, qui, à la fin, lui fit la mine et lui dit d'un air boudeur : "Je suis plus âgé que vous, et je dois par conséquent en savoir plus long." Alice ne voulut pas accepter cette conclusion avant de savoir l'âge du Lory, et comme celui-ci refusa tout net de le lui dire, cela mit un terme au débat.

Enfin la Souris, qui paraissait avoir un certain ascendant sur les autres, leur cria : "Asseyez-vous tous, et écoutez-moi ! Je vais bientôt vous faire sécher, je vous en réponds !" Vite, tout le monde s'assit en rond autour de la Souris, sur qui Alice tenait les yeux fixés avec inquiétude, car elle se disait : "Je vais attraper un vilain rhume si je ne sèche pas bientôt."

"Hum !" fit la Souris d'un air d'importance ; "êtes-vous prêts ? Je ne sais rien de plus sec que ceci. Silence dans le cercle, je vous prie. 'Guillaume le Conquérant, dont le pape avait embrassé le parti, soumit bientôt les Anglais, qui manquaient de chefs, et commençaient à s'accoutumer aux usurpations et aux conquêtes des étrangers. Edwin et Morcar, comtes de Mercie et de Northumbrie——'"

"Brrr," fit le Lory, qui grelottait.

"Pardon," demanda la Souris en fronçant le sourcil, mais fort poliment, "qu'avez-vous dit?"

"Moi! rien," répliqua vivement le Lory.

"Ah! je croyais," dit la Souris. "Je continue. 'Edwin et Morcar, comtes de Mercie et de Northumbrie, se déclarèrent en sa faveur, et Stigand, l'archevêque patriote de Cantorbery, trouva cela——'"

"Trouva quoi?" dit le Canard.

"Il trouva cela," répondit la Souris avec impatience. "Assurément vous savez ce que 'cela' veut dire."

"Je sais parfaitement ce que 'cela' veut dire; par exemple: quand moi j'ai trouvé cela bon; 'cela' veut dire un ver ou une grenouille," ajouta le Canard. "Mais il s'agit de savoir ce que l'archevêque trouva."

La Souris, sans prendre garde à cette question, se hâta de continuer. " ' L'archevêque trouva cela de bonne politique d'aller avec Edgar Atheling à la rencontre de Guillaume, pour lui offrir la couronne. Guillaume, d'abord, fut bon prince ; mais l'insolence des vassaux normands—— ' Eh bien, comment cela va-t-il, mon enfant ? " ajouta-t-elle en se tournant vers Alice.

" Toujours aussi mouillée," dit Alice tristement. " Je ne sèche que d'ennui."

" Dans ce cas," dit le Dodo avec emphase, se dressant sur ses pattes, " je propose l'ajournement, et l'adoption immédiate de mesures énergiques."

" Parlez français," dit l'Aiglon ; " je ne comprends pas la moitié de ces grands mots, et, qui plus est, je ne crois pas que vous les compreniez vous-même." L'Aiglon baissa la tête pour cacher un sourire, et quelques-uns des autres oiseaux ricanèrent tout haut.

" J'allais proposer," dit le Dodo d'un ton vexé, " une course cocasse ; c'est ce que nous pouvons faire de mieux pour nous sécher."

“ Qu'est-ce qu'une course cocasse ? ” demanda Alice ; non qu'elle tînt beaucoup à le savoir, mais le Dodo avait fait une pause comme s'il s'attendait à être questionné par quelqu'un, et personne ne semblait disposé à prendre la parole.

“ La meilleure manière de l'expliquer,” dit le Dodo, “ c'est de le faire.” (Et comme vous pourriez bien, un de ces jours d'hiver, avoir envie de l'essayer, je vais vous dire comment le Dodo s'y prit.)

D'abord il traça un terrain de course, une espèce de cercle (“ Du reste,” disait-il, “ la forme n'y fait rien ”), et les coureurs furent placés indifféremment çà et là sur le terrain. Personne ne cria, “ Un, deux, trois, en avant ! ” mais chacun partit et s'arrêta quand il voulut, de sorte qu'il n'était pas aisé de savoir quand la course finirait. Cependant, au bout d'une demi-heure, tout le monde étant sec, le Dodo cria tout à coup : “ La course est finie ! ” et les voilà tous haletants qui entourent le Dodo et lui demandent : “ Qui a gagné ? ”

Cette question donna bien à réfléchir au Dodo ; il resta longtemps assis, un doigt appuyé sur le front (pose ordinaire de Shakespeare dans ses portraits) ; tandis que les autres attendaient en silence. Enfin le Dodo dit : " Tout le monde a gagné, et tout le monde aura un prix."

" Mais qui donnera les prix ? " demandèrent-ils tous à la fois.

" *Elle*, cela va sans dire," répondit le Dodo, en montrant Alice du doigt, et toute la troupe l'entoura aussitôt en criant confusément : " Les prix ! Les prix ! "

Alice ne savait que faire ; pour sortir d'embarras elle mit la main dans sa poche et en tira une boîte de dragées (heureusement l'eau salée n'y avait pas pénétré) ; puis en donna une en prix à chacun ; il y en eut juste assez pour faire le tour.

" Mais il faut aussi qu'elle ait un prix, elle," dit la Souris.

" Comme de raison," reprit le Dodo gravement. " Avez-vous encore quelque chose dans votre poche ? " continua-t-il en se tournant vers Alice.

" Un dé ; pas autre chose," dit Alice d'un ton chagrin.

"Faites passer," dit le Dodo. Tous se grou-
pèrent de nouveau autour d'Alice, tandis que le
Dodo lui présentait solennellement le dé en
disant : "Nous vous prions d'accepter ce superbe
dé." Lorsqu'il eut fini ce petit discours, tout
le monde cria " Hourra ! "

Alice trouvait tout cela bien ridicule, mais les
autres avaient l'air si grave, qu'elle n'osait pas
rire ; aucune réponse ne lui venant à l'esprit,
elle se contenta de faire la révérence, et prit le dé
de son air le plus sérieux.

Il n'y avait plus maintenant qu'à manger les
dragées ; ce qui ne se fit pas sans un peu de bruit
et de désordre, car les gros oiseaux se plaignirent
de n'y trouver aucun goût, et il fallut taper dans
le dos des petits qui étranglaient.   Enfin tout
rentra dans le calme.   On s'assit en rond autour
de la Souris, et on la pria de raconter encore
quelque chose.

"Vous m'avez promis de me raconter votre
histoire," dit Alice, "et de m'expliquer pourquoi
vous détestez—les chats et les chiens," ajouta-t-elle
tout bas, craignant encore de déplaire.

La Souris, se tournant vers Alice, soupira et
lui dit : "Mon histoire sera longue et traînante."

"Tiens ! tout comme votre queue," dit Alice,
frappée de la ressemblance, et regardant avec
étonnement la queue de la Souris tandis que celle-ci

parlait. Les idées d'histoire et de queue longue et traînante se brouillaient dans l'esprit d'Alice à peu près de cette façon :—" Canichon dit à

la Souris, Qu'il
rencontra
dans le
logis :
" Je crois
le moment
fort propice
De te faire
aller en justice.
Je ne
doute pas
du succès
Que doit
avoir
notre procès.
Vite, allons,
commençons
l'affaire.
Ce matin
je n'ai rien
à faire."
La Souris
dit à
Canichon :
" Sans juge
et sans
jurés,
mon bon !"
Mais
Canichon
plein de
malice
Dit :
" C'est moi
qui suis
la justice,
Et, que
tu aies
raison
ou tort,
Je vais te
condamner
à mort."

"Vous ne m'écoutez pas," dit la Souris à Alice d'un air sévère. "A quoi pensez-vous donc?"

"Pardon," dit Alice humblement. "Vous en étiez au cinquième détour."

"Détour!" dit la Souris d'un ton sec. "Croyez-vous donc que je manque de véracité?"

"Des vers à citer? oh! je puis vous en fournir quelques-uns!" dit Alice, toujours prête à rendre service.

"On n'a pas besoin de vous," dit la Souris. "C'est m'insulter que de dire de pareilles sottises." Puis elle se leva pour s'en aller.

"Je n'avais pas l'intention de vous offenser," dit Alice d'une voix conciliante. "Mais franchement vous êtes bien susceptible."

La Souris grommela quelque chose entre ses dents et s'éloigna.

"Revenez, je vous en prie, finissez votre histoire," lui cria Alice; et tous les autres dirent en chœur : "Oui, nous vous en supplions." Mais la Souris secouant la tête ne s'en alla que plus vite.

“ Quel dommage qu’elle ne soit pas restée ! ”
dit en soupirant le Lory, sitôt que la Souris eut
disparu.

Un vieux crabe, profitant de l’occasion, dit
à son fils : “ Mon enfant, que cela vous serve
de leçon, et vous apprenne à ne vous emporter
jamais ! ”

“ Taisez-vous donc, papa,” dit le jeune crabe
d’un ton aigre. “ Vous feriez perdre patience à
une huître.”

“ Ah ! si Dinah était ici,” dit Alice tout haut
sans s’adresser à personne. “ C’est elle qui l’aurait
bientôt ramenée.”

“ Et qui est Dinah, s’il n’y a pas d’indiscré-
tion à le demander ? ” dit le Lory.

Alice répondit avec empressement, car elle était
toujours prête à parler de sa favorite : “ Dinah,
c’est notre chatte. Si vous saviez comme elle attrape bien les souris ! Et si vous la voyiez courir
après les oiseaux ; aussitôt vus, aussitôt croqués.”

Ces paroles produisirent un effet singulier sur
l’assemblée. Quelques oiseaux s’enfuirent aussitôt ;

une vieille pie s'enveloppant avec soin murmura :
" Il faut vraiment que je rentre chez moi, l'air du
soir ne vaut rien pour ma gorge ! " Et un canari
cria à ses petits d'une voix tremblante : " Venez,
mes enfants ; il est grand temps que vous vous
mettiez au lit ! "

Enfin, sous un prétexte ou sous un autre, chacun s'esquiva, et Alice se trouva bientôt seule.

" Je voudrais bien n'avoir pas parlé de Dinah,"
se dit-elle tristement. " Personne ne l'aime ici, et
pourtant c'est la meilleure chatte du monde ! Oh !
chère Dinah, te reverrai-je jamais ? " Ici la pauvre
Alice se reprit à pleurer ; elle se sentait seule,
triste, et abattue.

Au bout de quelque temps elle entendit au
loin un petit bruit de pas ; elle s'empressa de
regarder, espérant que la Souris avait changé
d'idée et revenait finir son histoire.

CHAPITRE IV.

L'HABITATION DU LAPIN BLANC.

C'ÉTAIT le Lapin Blanc qui revenait en trottinant, et qui cherchait de tous côtés, d'un air inquiet, comme s'il avait perdu quelque chose ; Alice l'entendit qui marmottait : "La Duchesse ! La Duchesse ! Oh ! mes pauvres pattes ; oh ! ma robe et mes moustaches ! Elle me fera guillotiner aussi vrai que des furets sont des furets ! Où pourrais-je bien les avoir perdus ?" Alice devina tout de suite qu'il cherchait l'éventail et la paire de gants paille, et, comme elle avait bon cœur, elle se mit à les chercher aussi ; mais pas moyen de les trouver.

Du reste, depuis son bain dans la mare aux larmes, tout était changé : la salle, la table de verre, et la petite porte avaient complétement disparu.

Bientôt le Lapin aperçut Alice qui furetait ; il lui cria d'un ton d'impatience : "Eh bien ! Marianne, que faites-vous ici ? Courez vite à la maison me chercher une paire de gants et un éventail ! Allons, dépêchons-nous."

Alice eut si grand' peur qu'elle se mit aussitôt à courir dans la direction qu'il indiquait, sans chercher à lui expliquer qu'il se trompait.

"Il m'a pris pour sa bonne," se disait-elle en courant. "Comme il sera étonné quand il saura qui je suis ! Mais je ferai bien de lui porter ses gants et son éventail ; c'est-à-dire, si je les trouve." Ce disant, elle arriva en face d'une petite maison, et vit sur la porte une plaque en cuivre avec ces mots, "JEAN LAPIN." Elle monta l'escalier, entra sans frapper, tout en tremblant de rencontrer la vraie Marianne, et d'être mise à la porte avant d'avoir trouvé les gants et l'éventail.

"Que c'est drôle," se dit Alice, "de faire des commissions pour un lapin! Bientôt ce sera Dinah qui m'enverra en commission." Elle se prit alors à imaginer comment les choses se passeraient.—"'Mademoiselle Alice, venez ici tout de suite vous apprêter pour la promenade.' 'Dans l'instant, ma bonne! Il faut d'abord que je veille sur ce trou jusqu'à ce que Dinah revienne, pour empêcher que la souris ne sorte.' Mais je ne pense pas," continua Alice, "qu'on garderait Dinah à la maison si elle se mettait dans la tête de commander comme cela aux gens."

Tout en causant ainsi, Alice était entrée dans une petite chambre bien rangée, et, comme elle s'y attendait, sur une petite table dans l'embrasure de la fenêtre, elle vit un éventail et deux ou trois paires de gants de chevreau tout petits. Elle en prit une paire, ainsi que l'éventail, et allait quitter la chambre lorsqu'elle aperçut, près du miroir, une petite bouteille.

Cette fois il n'y avait pas l'inscription BUVEZ-MOI—ce qui n'empêcha pas Alice de la déboucher et de la porter à ses lèvres. "Il m'arrive toujours quelque chose d'intéressant," se dit-elle, "lorsque je mange ou que je bois. Je vais voir un peu l'effet de cette bouteille. J'espère bien qu'elle me fera regrandir, car je suis vraiment fatiguée de n'être qu'une petite nabote!"

C'est ce qui arriva en effet, et bien plus tôt qu'elle ne s'y attendait. Elle n'avait pas bu la moitié de la bouteille, que sa tête touchait au plafond et qu'elle fut forcée de se baisser pour ne pas se casser le cou. Elle remit bien vite la bouteille sur la table en se disant : "En voilà assez ; j'espère ne pas grandir davantage. Je ne puis déjà plus passer par la porte. Oh ! je voudrais bien n'avoir pas tant bu !"

Hélas ! il était trop tard ; elle grandissait, grandissait, et eut bientôt à se mettre à genoux sur le plancher. Mais un instant après, il n'y avait même plus assez de place pour rester dans cette position, et elle essaya de se tenir étendue

par terre, un coude contre la porte et l'autre bras
passé autour de sa tête. Cependant, comme elle
grandissait toujours, elle fut obligée, comme
dernière ressource, de laisser pendre un de ses
bras par la fenêtre et d'enfoncer un pied dans
la cheminée en disant : " A présent c'est tout ce
que je peux faire, quoi qu'il arrive. Que vais-
je devenir ? "

Heureusement pour Alice, la petite bouteille
magique avait alors produit tout son effet, et

elle cessa de grandir. Cependant sa position était bien gênante, et comme il ne semblait pas y avoir la moindre chance qu'elle pût jamais sortir de cette chambre, il n'y a pas à s'étonner qu'elle se trouvât bien malheureuse.

" C'était bien plus agréable chez nous," pensa la pauvre enfant. " Là du moins je ne passais pas mon temps à grandir et à rapetisser, et je n'étais pas la domestique des lapins et des souris. Je voudrais bien n'être jamais descendue dans ce terrier ; et pourtant c'est assez drôle cette manière de vivre ! Je suis curieuse de savoir ce que c'est qui m'est arrivé. Autrefois, quand je lisais des contes de fées, je m'imaginais que rien de tout cela ne pouvait être, et maintenant me voilà en pleine féerie. On devrait faire un livre sur mes aventures ; il y aurait de quoi ! Quand je serai grande j'en ferai un, moi.—Mais je suis déjà bien grande !" dit-elle tristement. " Dans tous les cas, il n'y a plus de place ici pour grandir davantage."

" Mais alors," pensa Alice, " ne serai-je donc

jamais plus vieille que je ne le suis maintenant?
D'un côté cela aura ses avantages, ne jamais
être une vieille femme. Mais alors avoir toujours des leçons à apprendre! Oh, je n'aimerais
pas cela du tout."

"Oh ! Alice, petite folle," se répondit-elle.
"Comment pourriez-vous apprendre des leçons
ici ? Il y a à peine de la place pour vous, et il
n'y en a pas du tout pour vos livres de leçons."

Et elle continua ainsi, faisant tantôt les
demandes et tantôt les réponses, et établissant
sur ce sujet toute une conversation ; mais au
bout de quelques instants elle entendit une voix
au dehors, et s'arrêta pour écouter.

"Marianne ! Marianne !" criait la voix ; "allez
chercher mes gants bien vite !" Puis Alice
entendit des piétinements dans l'escalier. Elle
savait que c'était le Lapin qui la cherchait ; elle
trembla si fort qu'elle en ébranla la maison,
oubliant que maintenant elle était mille fois
plus grande que le Lapin, et n'avait rien à
craindre de lui.

Le Lapin, arrivé à la porte, essaya de l'ouvrir ; mais, comme elle s'ouvrait en dedans

et que le coude d'Alice était fortement appuyé contre la porte, la tentative fut vaine. Alice entendit le Lapin qui murmurait : " C'est bon, je vais faire le tour et j'entrerai par la fenêtre."

" Je t'en défie !" pensa Alice. Elle attendit un peu ; puis, quand elle crut que le Lapin était sous la fenêtre, elle étendit le bras tout à coup pour le saisir ; elle ne prit que du vent. Mais elle entendit un petit cri, puis le bruit d'une chute et de vitres cassées (ce qui lui fit penser que le Lapin était tombé sur les châssis de quelque serre à concombre), puis une voix colère, celle du Lapin : " Patrice ! Patrice ! où es-tu ? " Une voix qu'elle ne connaissait pas répondit : " Me v'là, not' maître ! J'béchons la terre pour trouver des pommes ! "

" Pour trouver des pommes ! " dit le Lapin furieux. " Viens m'aider à me tirer d'ici." (Nouveau bruit de vitres cassées.)

" Dis-moi un peu, Patrice, qu'est-ce qu'il y a là à la fenêtre ?"

" Ça, not' maître, c'est un bras."

" Un bras, imbécile ! Qui a jamais vu un bras de cette dimension ? Ça bouche toute la fenêtre."

" Bien sûr, not' maître, mais c'est un bras tout de même."

" Dans tous les cas il n'a rien à faire ici. Enlève-moi ça bien vite."

Il se fit un long silence, et Alice n'entendait plus que des chuchotements de temps à autre, comme : " Maître, j'osons point."—" Fais ce que je te dis, capon ! " Alice étendit le bras de nouveau comme pour agripper quelque chose ;

cette fois il y eut deux petits cris et encore
un bruit de vitres cassées. "Que de châssis il
doit y avoir là !" pensa Alice. "Je me demande
ce qu'ils vont faire à présent. Quant à me
retirer par la fenêtre, je le souhaite de tout
mon cœur, car je n'ai pas la moindre envie de
rester ici plus longtemps !"

Il se fit quelques instants de silence. A
la fin, Alice entendit un bruit de petites roues,
puis le son d'un grand nombre de voix ; elle
distingua ces mots : "Où est l'autre échelle ?—Je
n'avais point qu'à en apporter une ; c'est Jacques
qui a l'autre.—Allons, Jacques, apporte ici, mon
garçon !—Dressez-les là au coin.—Non, attachez-les
d'abord l'une au bout de l'autre.—Elles ne vont
pas encore moitié assez haut.—Ça fera l'affaire ;
ne soyez pas si difficile.—Tiens, Jacques, attrape
ce bout de corde.—Le toit portera-t-il bien ?—
Attention à cette tuile qui ne tient pas.—Bon !
la voilà qui dégringole. Gare les têtes !" (Il
se fit un grand fracas.) "Qui a fait cela ?—Je
crois bien que c'est Jacques.—Qui est-ce qui

va descendre par la cheminée ? — Pas moi, bien sûr ! Allez-y, vous. —Non pas, vraiment.— C'est à vous, Jacques, à descendre. — Hohé, Jacques, not' maître dit qu'il faut que tu descendes par la cheminée !"

"Ah !" se dit Alice, "c'est donc Jacques qui va descendre. Il paraît qu'on met tout sur le dos de Jacques. Je ne voudrais pas pour beaucoup être Jacques. Ce foyer est étroit certainement, mais je crois bien que je pourrai tout de même lui lancer un coup de pied."

Elle retira son pied aussi bas que possible, et
ne bougea plus jusqu'à ce qu'elle entendît le
bruit d'un petit animal (elle ne pouvait deviner
de quelle espèce) qui grattait et cherchait à
descendre dans la cheminée, juste au-dessus d'elle;
alors se disant : "Voilà Jacques sans doute," elle
lança un bon coup de pied, et attendit pour
voir ce qui allait arriver.

La première chose qu'elle entendit fut un cri
général de : "Tiens, voilà Jacques en l'air !" Puis
la voix du Lapin, qui criait : "Attrapez-le, vous
là-bas, près de la haie !" Puis un long silence ;
ensuite un mélange confus de voix : "Soutenez-
lui la tête.—De l'eau-de-vie maintenant.—Ne le
faites pas engouer.—Qu'est-ce donc, vieux camarade ?—Que t'est-il arrivé ? Raconte-nous ça !"

Enfin une petite voix faible et flûtée se fit
entendre. ("C'est la voix de Jacques," pensa Alice.)
"Je n'en sais vraiment rien. Merci, c'est assez ;
je me sens mieux maintenant ; mais je suis
encore trop bouleversé pour vous conter la chose.
Tout ce que je sais, c'est que j'ai été poussé

comme par un ressort, et que je suis parti en l'air comme une fusée."

"Ça, c'est vrai, vieux camarade," disaient les autres.

"Il faut mettre le feu à la maison," dit le Lapin.

Alors Alice cria de toutes ses forces : "Si vous osez faire cela, j'envoie Dinah à votre poursuite."

Il se fit tout à coup un silence de mort. "Que vont-ils faire à présent?" pensa Alice. "S'ils avaient un peu d'esprit, ils enlèveraient le toit." Quelques minutes après, les allées et venues recommencèrent, et Alice entendit le Lapin, qui disait : "Une brouettée d'abord, ça suffira."

"Une brouettée de quoi?" pensa Alice. Il ne lui resta bientôt plus de doute, car, un instant après, une grêle de petits cailloux vint battre contre la fenêtre, et quelques-uns même l'atteignirent au visage. "Je vais bientôt mettre fin à cela," se dit-elle ; puis elle cria : "Vous

ferez bien de ne pas recommencer." Ce qui
produisit encore un profond silence.

Alice remarqua, avec quelque surprise, qu'en
tombant sur le plancher les cailloux se chan-
geaient en petits gâteaux, et une brillante idée
lui traversa l'esprit. " Si je mange un de ces
gâteaux," pensa-t-elle, " cela ne manquera pas de
me faire ou grandir ou rapetisser ; or, je ne
puis plus grandir, c'est impossible, donc je
rapetisserai !"

Elle avala un des gâteaux, et s'aperçut avec
joie qu'elle diminuait rapidement. Aussitôt
qu'elle fut assez petite pour passer par la porte,
elle s'échappa de la maison, et trouva toute une
foule d'oiseaux et d'autres petits animaux qui
attendaient dehors. Le pauvre petit lézard,
Jacques, était au milieu d'eux, soutenu par des
cochons d'Inde, qui le faisaient boire à une
bouteille. Tous se précipitèrent sur Alice aussitôt
qu'elle parut ; mais elle se mit à courir de
toutes ses forces, et se trouva bientôt en sûreté
dans un bois touffu.

"La première chose que j'aie à faire," dit
Alice en errant çà et là dans les bois, "c'est
de revenir à ma première grandeur ; la seconde,
de chercher un chemin qui me conduise dans
ce ravissant jardin. C'est là, je crois, ce que
j'ai de mieux à faire !"

En effet c'était un plan de campagne excellent,
très-simple et très-habilement combiné. Toute la
difficulté était de savoir comment s'y prendre pour
l'exécuter. Tandis qu'elle regardait en tapinois
et avec précaution à travers les arbres, un petit
aboiement sec, juste au-dessus de sa tête, lui fit
tout à coup lever les yeux.

Un jeune chien (qui lui parut énorme) la
regardait avec de grands yeux ronds, et étendait
légèrement la patte pour tâcher de la toucher.
"Pauvre petit !" dit Alice d'une voix caressante
et essayant de siffler. Elle avait une peur
terrible cependant, car elle pensait qu'il pouvait
bien avoir faim, et que dans ce cas il était
probable qu'il la mangerait, en dépit de toutes
ses câlineries.

Sans trop savoir ce qu'elle faisait, elle ramassa une petite baguette et la présenta au petit chien qui bondit des quatre pattes à la fois, aboyant de joie, et se jeta sur le bâton comme pour jouer avec. Alice passa de l'autre côté d'un gros chardon pour n'être pas foulée aux pieds. Sitôt qu'elle reparut, le petit chien se précipita de nouveau sur le bâton, et, dans son empressement de le saisir, butta et fit une cabriole. Mais Alice, trouvant que cela ressemblait beaucoup à une partie qu'elle ferait avec un cheval de charrette, et craignant à chaque instant d'être écrasée par le chien, se remit à tourner autour du chardon. Alors le petit chien fit une série de charges contre le bâton. Il avançait un peu chaque fois, puis reculait bien loin en faisant des aboiements rauques ; puis enfin il se coucha à une grande distance de là, tout haletant, la langue pendante, et ses grands yeux à moitié fermés.

Alice jugea que le moment était venu de s'échapper. Elle prit sa course aussitôt, et ne s'arrêta que lorsqu'elle se sentit fatiguée et hors d'haleine, et qu'elle n'entendit plus que faiblement dans le lointain les aboiements du petit chien.

"C'était pourtant un bien joli petit chien," dit Alice, en s'appuyant sur un bouton d'or pour se reposer, et en s'éventant avec une des feuilles de la plante. "Je lui aurais volontiers enseigné tout plein de jolis tours si—— si j'avais été assez grande pour cela! Oh! mais j'oubliais que j'avais encore à grandir! Voyons. Comment faire? Je devrais sans doute boire ou manger quelque chose; mais quoi? Voilà la grande question."

En effet, la grande question était bien de savoir quoi? Alice regarda tout autour d'elle les fleurs et les brins d'herbes; mais elle ne vit rien qui lui parût bon à boire ou à manger dans les circonstances présentes.

Près d'elle poussait un large champignon, à peu près haut comme elle. Lorsqu'elle l'eut examiné par-dessous, d'un côté et de l'autre, par-devant et par-derrière, l'idée lui vint qu'elle ferait bien de regarder ce qu'il y avait dessus.

Elle se dressa sur la pointe des pieds, et, glissant les yeux par-dessus le bord du champignon, ses regards rencontrèrent ceux d'une grosse chenille bleue assise au sommet, les bras croisés, fumant tranquillement une longue pipe turque sans faire la moindre attention à elle ni à quoi que ce fût.

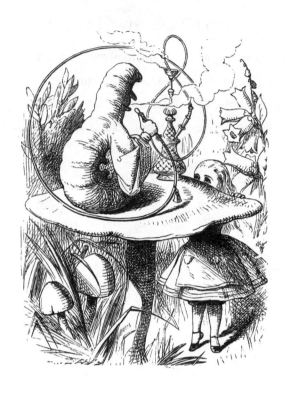

CHAPITRE V.

CONSEILS D'UNE CHENILLE.

LA Chenille et Alice se considérèrent un instant en silence. Enfin la Chenille sortit le houka de sa bouche, et lui adressa la parole d'une voix endormie et traînante.

“Qui êtes-vous?” dit la Chenille. Ce n'était pas là une manière encourageante d'entamer la conversation. Alice répondit, un peu confuse : “Je—— je le sais à peine moi-même quant à présent. Je sais bien ce que j'étais en me levant ce matin, mais je crois avoir changé plusieurs fois depuis.”

“Qu'entendez-vous par là ?” dit la Chenille d'un ton sévère. “Expliquez-vous.”

“Je crains bien de ne pouvoir pas m'expliquer,” dit Alice, “car, voyez-vous, je ne suis plus moi-même.”

“Je ne vois pas du tout,” répondit la Chenille.

“J'ai bien peur de ne pouvoir pas dire les choses plus clairement,” répliqua Alice fort poliment ; “car d'abord je n'y comprends rien moi-même. Grandir et rapetisser si souvent en un seul jour, cela embrouille un peu les idées.”

“Pas du tout,” dit la Chenille.

“Peut-être ne vous en êtes-vous pas encore aperçue,” dit Alice. “Mais quand vous deviendrez chrysalide, car c'est ce qui vous arrivera, sachez-le bien, et ensuite papillon, je crois bien que vous vous sentirez un peu drôle, qu'en dites-vous ? "

" Pas du tout," dit la Chenille.

" Vos sensations sont peut-être différentes des miennes," dit Alice. "Tout ce que je sais, c'est que cela me semblerait bien drôle à moi."

" A vous ! " dit la Chenille d'un ton de mépris. " Qui êtes-vous ? "

Cette question les ramena au commencement de la conversation.

Alice, un peu irritée du parler bref de la Chenille, se redressa de toute sa hauteur et répondit bien gravement : "Il me semble que vous devriez d'abord me dire qui vous êtes vous-même."

" Pourquoi ? " dit la Chenille.

C'était encore là une question bien embarrassante ; et comme Alice ne trouvait pas de bonne raison à donner, et que la Chenille avait l'air de très-mauvaise humeur, Alice lui tourna le dos et s'éloigna.

"Revenez," lui cria la Chenille. "J'ai quelque chose d'important à vous dire!"

L'invitation était engageante assurément ; Alice revint sur ses pas.

"Ne vous emportez pas," dit la Chenille.

"Est-ce tout?" dit Alice, cherchant à retenir sa colère.

"Non," répondit la Chenille.

Alice pensa qu'elle ferait tout aussi bien d'attendre, et qu'après tout la Chenille lui dirait peut-être quelque chose de bon à savoir. La Chenille continua de fumer pendant quelques minutes sans rien dire. Puis, retirant enfin la pipe de sa bouche, elle se croisa les bras et dit : "Ainsi vous vous figurez que vous êtes changée, hein?"

"Je le crains bien," dit Alice. "Je ne peux plus me souvenir des choses comme autrefois, et je ne reste pas dix minutes de suite de la même grandeur!"

"De quoi est-ce que vous ne pouvez pas vous souvenir ? " dit la Chenille.

"J'ai essayé de réciter la fable de *Maître Corbeau,* mais ce n'était plus la même chose," répondit Alice d'un ton chagrin.

"Récitez : ' *Vous êtes vieux, Père Guillaume,*' " dit la Chenille.

Alice croisa les mains et commença :

" *Vous êtes vieux, Père Guillaume.*
Vous avez des cheveux tout gris . . .
La tête en bas! Père Guillaume;
A votre âge, c'est peu permis!

—*Étant jeune, pour ma cervelle*
Je craignais fort, mon cher enfant;
Je n'en ai plus une parcelle,
J'en suis bien certain maintenant.

—*Vous êtes vieux, je vous l'ai dit,*
Mais comment donc par cette porte,
Vous, dont la taille est comme un muid !
Cabriolez-vous de la sorte ?

—*Étant jeune, mon cher enfant,*
J'avais chaque jointure bonne ;
Je me frottais de cet onguent ;
Si vous payez je vous en donne.

—*Vous êtes vieux, et vous mangez*
Les os comme de la bouillie ;
Et jamais rien ne me laissez.
Comment faites-vous, je vous prie ?

—*Étant jeune, je disputais*
Tous les jours avec votre mère ;
C'est ainsi que je me suis fait
Un si puissant os maxillaire.

—*Vous êtes vieux, par quelle adresse*
Tenez-vous debout sur le nez
Une anguille qui se redresse
Droit comme un I quand vous sifflez?

—*Cette question est trop sotte!*
Cessez de babiller ainsi,
Ou je vais, du bout de ma botte,
Vous envoyer bien loin d'ici."

"Ce n'est pas cela," dit la Chenille.

"Pas tout à fait, je le crains bien," dit Alice timidement. "Tous les mots ne sont pas les mêmes."

"C'est tout de travers d'un bout à l'autre," dit la Chenille d'un ton décidé ; et il se fit un silence de quelques minutes.

La Chenille fut la première à reprendre la parole.

"De quelle grandeur voulez-vous être ?" demanda-t-elle.

"Oh ! je ne suis pas difficile, quant à la taille," reprit vivement Alice. "Mais vous comprenez bien qu'on n'aime pas à en changer si souvent."

"Je ne comprends pas du tout," dit la Chenille.

Alice se tut ; elle n'avait jamais de sa vie été si souvent contredite, et elle sentait qu'elle allait perdre patience.

"Êtes-vous satisfaite maintenant ?" dit la Chenille.

"J'aimerais bien à être un petit peu plus

grande, si cela vous était égal," dit Alice. "Trois pouces de haut, c'est si peu ! "

" C'est une très-belle taille," dit la Chenille en colère, se dressant de toute sa hauteur. (Elle avait tout juste trois pouces de haut.)

"Mais je n'y suis pas habituée," répliqua Alice d'un ton piteux, et elle fit cette réflexion : "Je voudrais bien que ces gens-là ne fussent pas si susceptibles."

"Vous finirez par vous y habituer," dit la Chenille. Elle remit la pipe à sa bouche, et fuma de plus belle.

Cette fois Alice attendit patiemment qu'elle se décidât à parler. Au bout de deux ou trois minutes la Chenille sortit le houka de sa bouche, bâilla une ou deux fois et se secoua ; puis elle descendit de dessus le champignon, glissa dans le gazon, et dit tout simplement en s'en allant : "Un côté vous fera grandir, et l'autre vous fera rapetisser."

"Un côté de quoi, l'autre côté de quoi ? " pensa Alice.

"Du champignon," dit la Chenille, comme si Alice avait parlé tout haut ; et un moment après la Chenille avait disparu.

Alice contempla le champignon d'un air pensif pendant un instant, essayant de deviner quels en étaient les côtés ; et comme le champignon était tout rond, elle trouva la question fort embarrassante. Enfin elle étendit ses bras tout autour, en les allongeant autant que possible, et, de chaque main, enleva une petite partie du bord du champignon.

"Maintenant, lequel des deux ?" se dit-elle, et elle grignota un peu du morceau de la main droite pour voir quel effet il produirait. Presque aussitôt elle reçut un coup violent sous le menton ; il venait de frapper contre son pied.

Ce brusque changement lui fit grand' peur, mais elle comprit qu'il n'y avait pas de temps à perdre, car elle diminuait rapidement. Elle se mit donc bien vite à manger un peu de l'autre morceau. Son menton était si rapproché de son pied qu'il y avait à peine assez de place pour

qu'elle pût ouvrir la bouche. Elle y réussit
enfin, et parvint à avaler une partie du morceau
de la main gauche.

$$* \qquad * \qquad * \qquad * \qquad *$$
$$* \qquad * \qquad * \qquad *$$
$$* \qquad * \qquad * \qquad * \qquad *$$

" Voilà enfin ma tête libre," dit Alice d'un
ton joyeux qui se changea bientôt en cris d'épouvante, quand elle s'aperçut de l'absence de ses
épaules. Tout ce qu'elle pouvait voir en regardant en bas, c'était un cou long à n'en plus finir
qui semblait se dresser comme une tige, du milieu
d'un océan de verdure s'étendant bien loin au-
dessous d'elle.

" Qu'est-ce que c'est que toute cette verdure ? " dit Alice. " Et où donc sont mes épaules ?
Oh ! mes pauvres mains ! Comment se fait-il
que je ne puis vous voir ? " Tout en parlant elle
agitait les mains, mais il n'en résulta qu'un petit
mouvement au loin parmi les feuilles vertes.

Comme elle ne trouvait pas le moyen de
porter ses mains à sa tête, elle tâcha de porter

sa tête à ses mains, et s'aperçut avec joie que son cou se repliait avec aisance de tous côtés comme un serpent. Elle venait de réussir à le plier en un gracieux zigzag, et allait plonger parmi les feuilles, qui étaient tout simplement le haut des arbres sous lesquels elle avait erré, quand un sifflement aigu la força de reculer promptement ; un gros pigeon venait de lui voler à la figure, et lui donnait de grands coups d'ailes.

" Serpent ! " criait le Pigeon.

" Je ne suis pas un serpent," dit Alice, avec indignation. " Laissez-moi tranquille."

" Serpent ! Jé le répète," dit le Pigeon, mais d'un ton plus doux ; puis il continua avec une espèce de sanglot : " J'ai essayé de toutes les façons, rien ne semble les satisfaire."

" Je n'ai pas la moindre idée de ce que vous voulez dire," répondit Alice.

" J'ai essayé des racines d'arbres ; j'ai essayé des talus ; j'ai essayé des haies," continua le Pigeon sans faire attention à elle. " Mais ces serpents ! il n'y a pas moyen de les satisfaire."

Alice était de plus en plus intriguée, mais elle pensa que ce n'était pas la peine de rien dire avant que le Pigeon eût fini de parler.

"Je n'ai donc pas assez de mal à couver mes œufs," dit le Pigeon. "Il faut encore que je guette les serpents nuit et jour. Je n'ai pas fermé l'œil depuis trois semaines!"

"Je suis fâchée que vous ayez été tourmenté," dit Alice, qui commençait à comprendre.

"Au moment où je venais de choisir l'arbre le plus haut de la forêt," continua le Pigeon en élevant la voix jusqu'à crier,—"au moment où je me figurais que j'allais en être enfin débarrassé, les voilà qui tombent du ciel 'en replis tortueux.' Oh! le vilain serpent!"

"Mais je ne suis pas un serpent," dit Alice. "Je suis une—— Je suis——"

"Eh bien! qu'êtes-vous!" dit le Pigeon. "Je vois que vous cherchez à inventer quelque chose."

"Je—— je suis une petite fille," répondit Alice avec quelque hésitation, car elle se rappelait combien de changements elle avait éprouvés ce jour-là.

"Voilà une histoire bien vraisemblable!" dit le Pigeon d'un air de profond mépris. "J'ai vu bien des petites filles dans mon temps, mais je n'en ai jamais vu avec un cou comme cela. Non, non; vous êtes un serpent; il est inutile de le nier. Vous allez sans doute me dire que vous n'avez jamais mangé d'œufs."

"Si fait, j'ai mangé des œufs," dit Alice, qui ne savait pas mentir; "mais vous savez que les petites filles mangent des œufs aussi bien que les serpents."

"Je n'en crois rien," dit le Pigeon, "mais s'il en est ainsi, elles sont une espèce de serpent; c'est tout ce que j'ai à vous dire."

Cette idée était si nouvelle pour Alice qu'elle resta muette pendant une ou deux minutes, ce qui donna au Pigeon le temps d'ajouter : "Vous cherchez des œufs, ça j'en suis bien sûr, et alors que m'importe que vous soyez une petite fille ou un serpent ?"

"Cela m'importe beaucoup à moi," dit Alice vivement; "mais je ne cherche pas d'œufs justement, et quand même j'en chercherais je ne voudrais pas des vôtres; je ne les aime pas crus."

"Eh bien! allez-vous-en alors," dit le Pigeon d'un ton boudeur en se remettant dans son nid. Alice se glissa parmi les arbres du mieux qu'elle put en se baissant, car son cou s'entortillait dans les branches, et à chaque instant il lui fallait s'arrêter et le désentortiller. Au bout de quelque temps, elle se rappela qu'elle tenait encore dans ses mains les morceaux de champignon, et elle se mit à l'œuvre avec grand soin, grignotant tantôt l'un, tantôt l'autre, et tantôt grandissant, tantôt rapetissant, jusqu'à ce qu'enfin elle parvint à se ramener à sa grandeur naturelle.

Il y avait si longtemps qu'elle n'avait été d'une taille raisonnable que cela lui parut d'abord tout drôle, mais elle finit par s'y accoutumer, et commença à se parler à elle-même, comme d'habitude. "Allons, voilà maintenant la moitié de **mon** projet exécuté. Comme tous ces change-

ments sont embarrassants ! Je ne suis jamais sûre
de ce que je vais devenir d'une minute à l'autre.
Toutefois, je suis redevenue de la bonne grandeur ; il me reste maintenant à pénétrer dans
ce magnifique jardin. Comment faire ? " En
disant ces mots elle arriva tout à coup à une
clairière, où se trouvait une maison d'environ
quatre pieds de haut. " Quels que soient les
gens qui demeurent là," pensa Alice, "il ne
serait pas raisonnable de se présenter à eux
grande comme je suis. Ils deviendraient fous
de frayeur." Elle se mit de nouveau à grignoter le morceau qu'elle tenait dans sa main
droite, et ne s'aventura pas près de la maison
avant d'avoir réduit sa taille à neuf pouces.

CHAPITRE VI.

PORC ET POIVRE.

ALICE resta une ou deux minutes à regarder à la porte ; elle se demandait ce qu'il fallait faire, quand tout à coup un laquais en livrée sortit du bois en courant. (Elle le prit pour un laquais à cause de sa livrée ; sans cela, à n'en juger que par la figure, elle l'aurait pris pour un poisson.) Il frappa fortement avec son doigt à la porte. Elle fut ouverte par un autre laquais en livrée qui avait la face toute ronde et de gros yeux comme une grenouille. Alice remarqua que les deux laquais avaient les cheveux poudrés et tout frisés. Elle se sentit piquée de curiosité, et, voulant savoir ce que tout cela signifiait, elle se glissa un peu en dehors du bois afin d'écouter.

Le Laquais-Poisson prit de dessous son bras une lettre énorme, presque aussi grande que lui, et la présenta au Laquais-Grenouille en disant d'un ton solennel : "Pour Madame la Duchesse, une invitation de la Reine à une partie de cro-

quet." Le Laquais-Grenouille répéta sur le même
ton solennel, en changeant un peu l'ordre des
mots : " De la part de la Reine une invitation
pour Madame la Duchesse à une partie de croquet ; " puis tous deux se firent un profond
salut et les boucles de leurs chevelures s'entre-
mêlèrent.

Cela fit tellement rire Alice qu'elle eut à
rentrer bien vite dans le bois de peur d'être
entendue ; et quand elle avança la tête pour
regarder de nouveau, le Laquais-Poisson était
parti, et l'autre était assis par terre près de la
route, regardant niaisement en l'air.

Alice s'approcha timidement de la porte et
frappa.

" Cela ne sert à rien du tout de frapper,"
dit le Laquais, " et cela pour deux raisons :
premièrement, parce que je suis du même côté
de la porte que vous ; deuxièmement, parce
qu'on fait là-dedans un tel bruit que personne
ne peut vous entendre." En effet, il se faisait
dans l'intérieur un bruit extraordinaire, des

hurlements et des éternuements continuels, et de temps à autre un grand fracas comme si on brisait de la vaisselle.

" Eh bien ! comment puis-je entrer, s'il vous plaît ? " demanda Alice.

" Il y aurait quelque bon sens à frapper à cette porte," continua le Laquais sans l'écouter, " si nous avions la porte entre nous deux. Par exemple, si vous étiez à *l'intérieur* vous pour- riez frapper et je pourrais vous laisser sortir." Il regardait en l'air tout le temps qu'il parlait, et Alice trouvait cela très-impoli. " Mais peut- être ne peut-il pas s'en empêcher," dit-elle ; " il a les yeux presque sur le sommet de la tête. Dans tous les cas il pourrait bien répondre à mes questions.—Comment faire pour entrer ? " répéta- t-elle tout haut.

" Je vais rester assis ici," dit le Laquais, " jusqu'à demain——"

Au même instant la porte de la maison s'ouvrit, et une grande assiette vola tout droit dans la direction de la tête du Laquais ; elle lui effleura le nez, et alla se briser contre un arbre derrière lui.

"—— ou le jour suivant peut-être," continua le Laquais sur le même ton, tout comme si rien n'était arrivé.

"Comment faire pour entrer?" redemanda Alice en élevant la voix.

"Mais devriez-vous entrer?" dit le Laquais. "C'est ce qu'il faut se demander, n'est-ce pas?"

Bien certainement, mais Alice trouva mauvais qu'on le lui dît. "C'est vraiment terrible," murmura-t-elle, "de voir la manière dont ces gens-là discutent, il y a de quoi rendre fou."

Le Laquais trouva l'occasion bonne pour répéter son observation avec des variantes. "Je resterai assis ici," dit-il, "l'un dans l'autre, pendant des jours et des jours!"

"Mais que faut-il que je fasse?" dit Alice.

"Tout ce que vous voudrez," dit le Laquais; et il se mit à siffler.

"Oh! ce n'est pas la peine de lui parler,"

dit Alice, désespérée ; "c'est un parfait idiot."
Puis elle ouvrit la porte et entra.

La porte donnait sur une grande cuisine qui
était pleine de fumée d'un bout à l'autre. La
Duchesse était assise sur un tabouret à trois pieds,
au milieu de la cuisine, et dorlotait un bébé ; la
cuisinière, penchée sur le feu, brassait quelque
chose dans un grand chaudron qui paraissait
rempli de soupe.

“ Bien sûr, il y a trop de poivre dans la soupe,” se dit Alice, tout empêchée par les éternuements.

Il y en avait certainement trop dans l’air. La Duchesse elle-même éternuait de temps en temps, et quant au bébé il éternuait et hurlait alternativement sans aucune interruption. Les deux seules créatures qui n’éternuassent pas, étaient la cuisinière et un gros chat assis sur l’âtre et dont la bouche grimaçante était fendue d’une oreille à l’autre.

“ Pourriez-vous m’apprendre,” dit Alice un peu timidement, car elle ne savait pas s’il était bien convenable qu’elle parlât la première, “ pourquoi votre chat grimace ainsi ? ”

“ C’est un Grimaçon,” dit la Duchesse ; “ voilà pourquoi.—Porc ! ”

Elle prononça ce dernier mot si fort et si subitement qu’Alice en frémit. Mais elle comprit bientôt que cela s’adressait au bébé et non pas à elle ; elle reprit donc courage et continua :

“ J'ignorais qu'il y eût des chats de cette espèce. Au fait j'ignorais qu'un chat pût grimacer.”

“ Ils le peuvent tous,” dit la Duchesse ; “ et la plupart le font.”

“ Je n'en connais pas un qui grimace,” dit Alice poliment, bien contente d'être entrée en conversation.

“ Le fait est que vous ne savez pas grand'chose,” dit la Duchesse.

Le ton sur lequel fut faite cette observation ne plut pas du tout à Alice, et elle pensa qu'il serait bon de changer la conversation. Tandis qu'elle cherchait un autre sujet, la cuisinière retira de dessus le feu le chaudron plein de soupe, et se mit aussitôt à jeter tout ce qui lui tomba sous la main à la Duchesse et au bébé — la pelle et les pincettes d'abord, à leur suite vint une pluie de casseroles, d'assiettes et de plats. La Duchesse n'y faisait pas la moindre attention, même quand elle en était atteinte, et l'enfant hurlait déjà si fort auparavant qu'il était impossible de savoir si les coups lui faisaient mal ou non.

"Oh! je vous en prie, prenez garde à ce que vous faites," criait Alice, sautant çà et là et en proie à la terreur. "Oh! son cher petit nez!" Une casserole d'une grandeur peu ordinaire venait de voler tout près du bébé, et avait failli lui emporter le nez.

"Si chacun s'occupait de ses affaires," dit la Duchesse avec un grognement rauque, "le monde n'en irait que mieux."

"Ce qui ne serait guère avantageux," dit Alice, enchantée qu'il se présentât une occasion de montrer un peu de son savoir. "Songez à ce que deviendraient le jour et la nuit; vous voyez bien, la terre met vingt-quatre heures à faire sa révolution."

"Ah! vous parlez de faire des révolutions!" dit la Duchesse. "Qu'on lui coupe la tête!"

Alice jeta un regard inquiet sur la cuisinière pour voir si elle allait obéir; mais la cuisinière était tout occupée à brasser la soupe et paraissait ne pas écouter. Alice continua donc : "Vingt-quatre heures, je crois, ou bien douze ? Je pense——"

"Oh ! laissez-moi la paix," dit la Duchesse, "je n'ai jamais pu souffrir les chiffres." Et là-dessus elle recommença à dorloter son enfant, lui chantant une espèce de chanson pour l'endormir et lui donnant une forte secousse au bout de chaque vers.

> *" Grondez-moi ce vilain garçon !*
> *Battez-le quand il éternue ;*
> *A vous taquiner, sans façon*
> *Le méchant enfant s'évertue."*

REFRAIN

(que reprirent en chœur la cuisinière et le bébé).

" Brou, Brou, Brou !" (*bis.*)

En chantant le second couplet de la chanson la Duchesse faisait sauter le bébé et le secouait violemment, si bien que le pauvre petit être hurlait au point qu'Alice put à peine entendre ces mots :

" Oui, oui, je m'en vais le gronder,
* Et le battre, s'il éternue ;*
* Car bientôt à savoir poivrer,*
* Je veux que l'enfant s'habitue."*

Refrain.

" Brou, Brou, Brou !" (*bis.*)

" Tenez, vous pouvez le dorloter si vous voulez ! " dit la Duchesse à Alice : et à ces mots elle lui jeta le bébé. " Il faut que j'aille m'apprêter pour aller jouer au croquet avec la Reine." Et elle se précipita hors de la chambre. La cuisinière lui lança une poêle comme elle s'en allait, mais elle la manqua tout juste.

Alice eut de la peine à attraper le bébé. C'était un petit être d'une forme étrange qui tenait ses bras et ses jambes étendus dans toutes les directions ; " Tout comme une étoile de mer," pensait Alice. La pauvre petite créature ronflait comme une machine à vapeur lorsqu'elle l'attrapa, et ne cessait de se plier en deux, puis de s'étendre tout droit, de sorte qu'avec tout

cela, pendant les premiers instants, c'est tout
ce qu'elle pouvait faire que de le tenir.

Sitôt qu'elle eut trouvé le bon moyen de le
bercer, (qui était d'en faire une espèce de nœud,
et puis de le tenir fermement par l'oreille droite
et le pied gauche afin de l'empêcher de se
dénouer,) elle le porta dehors en plein air. " Si
je n'emporte pas cet enfant avec moi," pensa
Alice, " ils le tueront bien sûr un de ces jours.
Ne serait-ce pas un meurtre de l'abandonner ? "
Elle dit ces derniers mots à haute voix, et la
petite créature répondit en grognant (elle avait
cessé d'éternuer alors). " Ne grogne pas ainsi,"
dit Alice ; " ce n'est pas là du tout une bonne
manière de s'exprimer."

Le bébé grogna de nouveau. Alice le regarda
au visage avec inquiétude pour voir ce qu'il
avait. Sans contredit son nez était très-retroussé,
et ressemblait bien plutôt à un groin qu'à un
vrai nez. Ses yeux aussi devenaient très-petits
pour un bébé. Enfin Alice ne trouva pas du
tout de son goût l'aspect de ce petit être. " Mais

peut-être sanglotait-il tout simplement," pensa-t-elle, et elle regarda de nouveau les yeux du bébé pour voir s'il n'y avait pas de larmes. "Si tu

vas te changer en porc," dit Alice très-sérieusement, "je ne veux plus rien avoir à faire avec toi. Fais-y bien attention!"

La pauvre petite créature sanglota de nouveau, ou grogna (il était impossible de savoir lequel des deux), et ils conti-nuèrent leur chemin un instant en silence.

Alice commençait à dire en elle-même, "Mais, que faire de cette créature quand je l'aurai portée à la maison?" lorsqu'il grogna de nouveau si fort qu'elle regarda sa figure avec quelque inquiétude. Cette fois il n'y avait pas à s'y tromper, c'était un porc, ni plus ni moins, et elle comprit qu'il serait ridicule de le porter plus loin.

Elle déposa donc par terre le petit animal, et se sentit toute soulagée de le voir trotter tranquillement vers le bois. "S'il avait grandi," se dit-elle, " il serait devenu un bien vilain enfant ; tandis qu'il fait un assez joli petit porc, il me semble." Alors elle se mit à penser à d'autres enfants qu'elle connaissait et qui feraient d'assez jolis porcs, si seulement on savait la manière de s'y prendre pour les métamorphoser. Elle était en train de faire ces réflexions, lorsqu'elle tressaillit en voyant tout à coup le Chat assis à quelques pas de là sur la branche d'un arbre.

Le Chat grimaça en apercevant Alice. Elle trouva qu'il avait l'air bon enfant, et cependant il avait de très-longues griffes et une grande rangée de dents ; aussi comprit-elle qu'il fallait le traiter avec respect.

" Grimaçon ! " commença-t-elle un peu timidement, ne sachant pas du tout si cette familiarité

lui serait agréable ; toutefois il ne fit qu'allonger
sa grimace.

"Allons, il est content jusqu'à présent," pensa
Alice, et elle continua : "Dites-moi, je vous prie,
de quel côté faut-il me diriger ? "

"Cela dépend beaucoup de l'endroit où vous
voulez aller," dit le Chat.

"Cela m'est assez indifférent," dit Alice.

"Alors peu importe de quel côté vous irez,"
dit le Chat.

"Pourvu que j'arrive *quelque part,*" ajouta
Alice en explication.

"Cela ne peut manquer, pourvu que vous
marchiez assez longtemps."

Alice comprit que cela était incontestable ; elle
essaya donc d'une autre question : "Quels sont
les gens qui demeurent par ici ? "

"De ce côté-ci," dit le Chat, décrivant un cercle
avec sa patte droite, "demeure un chapelier ; de
ce côté-là," faisant de même avec sa patte gauche,
" demeure un lièvre. Allez voir celui que vous
voudrez, tous deux sont fous."

"Mais je ne veux pas fréquenter des fous," fit observer Alice.

"Vous ne pouvez pas vous en défendre, tout le monde est fou ici. Je suis fou, vous êtes folle."

"Comment savez-vous que je suis folle?" dit Alice.

"Vous devez l'être," dit le Chat, "sans cela vous ne seriez pas venue ici."

Alice pensa que cela ne prouvait rien. Toutefois elle continua : " Et comment savez-vous que vous êtes fou ? "

" D'abord," dit le Chat, " un chien n'est pas fou ; vous convenez de cela."

" Je le suppose," dit Alice.

" Eh bien ! " continua le Chat, " un chien grogne quand il se fâche, et remue la queue lorsqu'il est content. Or, moi, je grogne quand je suis content, et je remue la queue quand je me fâche. Donc je suis fou."

" J'appelle cela faire le rouet, et non pas grogner," dit Alice.

" Appelez cela comme vous voudrez," dit le Chat. " Jouez-vous au croquet avec la Reine aujourd'hui ? "

" Cela me ferait grand plaisir," dit Alice, " mais je n'ai pas été invitée."

" Vous m'y verrez," dit le Chat ; et il disparut.

Alice ne fut pas très-étonnée, tant elle commençait à s'habituer aux événements extraordinaires. Tandis qu'elle regardait encore l'endroit

que le Chat venait de quitter, il reparut tout
à coup.

"A propos, qu'est devenu le bébé? J'allais
oublier de le demander."

"Il a été changé en porc," dit tranquillement
Alice, comme si le Chat était revenu d'une
manière naturelle.

"Je m'en doutais," dit le Chat; et il disparut
de nouveau.

Alice attendit quelques instants, espérant
presque le revoir, mais il ne reparut pas; et une
ou deux minutes après, elle continua son chemin
dans la direction où on lui avait dit que de-
meurait le Lièvre. "J'ai déjà vu des chapeliers,"
se dit-elle; "le Lièvre sera de beaucoup le plus
intéressant." A ces mots elle leva les yeux, et
voilà que le Chat était encore là assis sur une
branche d'arbre.

"M'avez-vous dit porc, ou porte?" demanda
le Chat.

"J'ai dit porc," répéta Alice. "Ne vous
amusez donc pas à paraître et à disparaître si

subitement, vous faites tourner la tête aux gens."

"C'est bon," dit le Chat, et cette fois il s'é-vanouit tout doucement à commencer par le bout de la queue, et finissant par sa grimace qui demeura quelque temps après que le reste fut disparu.

"Certes," pensa Alice, "j'ai souvent vu un chat sans grimace, mais une grimace sans chat, je n'ai jamais de ma vie rien vu de si drôle."

Elle ne fit pas beaucoup de chemin avant

d'arriver devant la maison du Lièvre. Elle
pensa que ce devait bien être là la maison,
car les cheminées étaient en forme d'oreilles et
le toit était couvert de fourrure. La maison
était si grande qu'elle n'osa s'approcher avant
d'avoir grignoté encore un peu du morceau de
champignon qu'elle avait dans la main gauche, et
d'avoir atteint la taille de deux pieds environ ;
et même alors elle avança timidement en se
disant : " Si après tout il était fou furieux ! Je
voudrais presque avoir été faire visite au Chapelier
plutôt que d'être venue ici."

CHAPITRE VII.

UN THÉ DE FOUS.

Il y avait une table servie sous un arbre devant la maison, et le Lièvre y prenait le thé avec le Chapelier. Un Loir profondément endormi était assis entre les deux autres qui s'en servaient comme d'un coussin, le coude appuyé sur lui et causant par-dessus sa tête. "Bien gênant pour le Loir," pensa Alice. "Mais comme il est endormi je suppose que cela lui est égal."

Bien que la table fût très-grande, ils étaient tous trois serrés l'un contre l'autre à un des coins. "Il n'y a pas de place! Il n'y a pas de place!" crièrent-ils en voyant Alice. "Il y a abondance

de place," dit Alice indignée, et elle s'assit dans
un large fauteuil à l'un des bouts de la table.

"Prenez donc du vin," dit le Lièvre d'un ton
engageant.

Alice regarda tout autour de la table, mais il
n'y avait que du thé. "Je ne vois pas de vin,"
fit-elle observer.

"Il n'y en a pas," dit le Lièvre.

"En ce cas il n'était pas très-poli de votre
part de m'en offrir," dit Alice d'un ton fâché.

" Il n'était pas non plus très-poli de votre part de vous mettre à table avant d'y être invitée," dit le Lièvre.

"J'ignorais que ce fût votre table," dit Alice. "Il y a des couverts pour bien plus de trois convives."

"Vos cheveux ont besoin d'être coupés," dit le Chapelier. Il avait considéré Alice pendant quelque temps avec beaucoup de curiosité, et ce fut la première parole qu'il lui adressa.

"Vous devriez apprendre à ne pas faire de remarques sur les gens ; c'est très-grossier," dit Alice d'un ton sévère.

A ces mots le Chapelier ouvrit de grands yeux ; mais il se contenta de dire : " Pourquoi une pie ressemble-t-elle à un pupitre ? "

"Bon ! nous allons nous amuser," pensa Alice. "Je suis bien aise qu'ils se mettent à demander des énigmes. Je crois pouvoir deviner cela," ajouta-t-elle tout haut.

"Voulez-vous dire que vous croyez pouvoir trouver la réponse ? " dit le Lièvre.

“Précisément,” répondit Alice.

“Alors vous devriez dire ce que vous voulez dire,” continua le Lièvre.

“C’est ce que je fais,” répliqua vivement Alice. “Du moins—— je veux dire ce que je dis; c’est la même chose, n’est-ce pas?”

“Ce n’est pas du tout la même chose,” dit le Chapelier. “Vous pourriez alors dire tout aussi bien que: ‘Je vois ce que je mange,’ est la même chose que: ‘Je mange ce que je vois.’”

“Vous pourriez alors dire tout aussi bien,” ajouta le Lièvre, “que: ‘J’aime ce qu’on me donne,’ est la même chose que: ‘On me donne ce que j’aime.’”

“Vous pourriez dire tout aussi bien,” ajouta le Loir, qui paraissait parler tout endormi, “que: ‘Je respire quand je dors,’ est la même chose que: ‘Je dors quand je respire.’”

“C’est en effet tout un pour vous,” dit le Chapelier. Sur ce, la conversation tomba et il se fit un silence de quelques minutes. Pendant ce temps, Alice repassa dans son esprit tout ce qu’elle savait au sujet des pies et des pupitres ; ce qui n'était pas grand'chose.

Le Chapelier rompit le silence le premier. "Quel quantième du mois sommes-nous ?" dit-il en se tournant vers Alice. Il avait tiré sa montre de sa poche et la regardait d'un air inquiet, la secouant de temps à autre et l'approchant de son oreille.

Alice réfléchit un instant et répondit : "Le quatre."

"Elle est de deux jours en retard," dit le Chapelier avec un soupir. "Je vous disais bien que le beurre ne vaudrait rien au mouvement !" ajouta-t-il en regardant le Lièvre avec colère.

"C'était tout ce qu'il y avait de plus fin en beurre," dit le Lièvre humblement.

"Oui, mais il faut qu'il y soit entré des miettes de pain," grommela le Chapelier. "Vous n'auriez pas dû vous servir du couteau au pain pour mettre le beurre."

Le Lièvre prit la montre et la contempla tristement, puis la trempa dans sa tasse, la contempla de nouveau, et pourtant ne trouva rien de mieux à faire que de répéter sa première observation : "C'était tout ce qu'il y avait de plus fin en beurre."

Alice avait regardé par-dessus son épaule avec curiosité : "Quelle singulière montre!" dit-elle. "Elle marque le quantième du mois, et ne marque pas l'heure qu'il est!"

" Et pourquoi marquerait-elle l'heure ?" murmura le Chapelier. "Votre montre marque-t-elle dans quelle année vous êtes?"

"Non, assurément!" répliqua Alice sans hésiter. " Mais c'est parce qu'elle reste à la même année pendant si longtemps."

"Tout comme la mienne," dit le Chapelier.

Alice se trouva fort embarrassée. L'observation du Chapelier lui paraissait n'avoir aucun sens ; et cependant la phrase était parfaitement correcte. "Je ne vous comprends pas bien," dit-elle, aussi poliment que possible.

" Le Loir est rendormi," dit le Chapelier ; et il lui versa un peu de thé chaud sur le nez.

Le Loir secoua la tête avec impatience, et dit, sans ouvrir les yeux : "Sans doute, sans doute, c'est justement ce que j'allais dire."

"Avez-vous deviné l'énigme ? " dit le Chapelier, se tournant de nouveau vers Alice.

"Non, j'y renonce," répondit Alice ; "quelle est la réponse ? "

"Je n'en ai pas la moindre idée," dit le Chapelier.

"Ni moi non plus," dit le Lièvre.

Alice soupira d'ennui. "Il me semble que vous pourriez mieux employer le temps," dit-elle, "et ne pas le gaspiller à proposer des énigmes qui n'ont point de réponses."

"Si vous connaissiez le Temps aussi bien que moi," dit le Chapelier, "vous ne parleriez pas de le gaspiller. On ne gaspille pas quelqu'un."

"Je ne vous comprends pas," dit Alice.

"Je le crois bien," répondit le Chapelier, en secouant la tête avec mépris ; "je parie que vous n'avez jamais parlé au Temps."

“Cela se peut bien,” répliqua prudemment Alice, “mais je l’ai souvent mal employé.”

“Ah! voilà donc pourquoi! Il n’aime pas cela,” dit le Chapelier. “Mais si seulement vous saviez le ménager, il ferait de la pendule tout ce que vous voudriez. Par exemple, supposons qu’il soit neuf heures du matin, l’heure de vos leçons, vous n’auriez qu’à dire tout bas un petit mot au Temps, et l’aiguille partirait en un clin d’œil pour marquer une heure et demie, l’heure du dîner.”

(“Je le voudrais bien,” dit tout bas le Lièvre.)

“Cela serait très-agréable, certainement,” dit Alice d’un air pensif; “mais alors—— je n’aurais pas encore faim, comprenez donc.”

“Peut-être pas d’abord,” dit le Chapelier; “mais vous pourriez retenir l’aiguille à une heure et demie aussi longtemps que vous voudriez.”

“Est-ce comme cela que vous faites, vous?” demanda Alice.

Le Chapelier secoua tristement la tête.

"Hélas! non," répondit-il, "nous nous sommes querellés au mois de mars dernier, un peu avant qu'il devînt fou." (Il montrait le Lièvre du bout de sa cuiller.) "C'était à un grand concert donné par la Reine de Cœur, et j'eus à chanter :

" *Ah ! vous dirai-je, ma sœur,*
  Ce qui cause ma douleur ! "

"Vous connaissez peut-être cette chanson?"
"J'ai entendu chanter quelque chose comme ça," dit Alice.

"Vous savez la suite," dit le Chapelier ; et il continua :

> " *C'est que j'avais des dragées,*
> *Et que je les ai mangées.*"

Ici le Loir se secoua et se mit a chanter, tout en dormant : "Et que je les ai mangées, mangées, mangées, mangées, mangées," si longtemps, qu'il fallût le pincer pour le faire taire.

"Eh bien, j'avais à peine fini le premier couplet," dit le Chapelier, "que la Reine hurla : 'Ah ! c'est comme ça que vous tuez le temps ! Qu'on lui coupe la tête !'"

"Quelle cruauté !" s'écria Alice.

"Et, depuis lors," continua le Chapelier avec tristesse, "le Temps ne veut rien faire de ce que je lui demande. Il est toujours six heures maintenant."

Une brillante idée traversa l'esprit d'Alice. "Est-ce pour cela qu'il y a tant de tasses à thé ici ?" demanda-t-elle.

"Oui, c'est cela," dit le Chapelier avec un

soupir; "il est toujours l'heure du thé, et nous n'avons pas le temps de laver la vaisselle dans l'intervalle."

"Alors vous faites tout le tour de la table, je suppose?" dit Alice.

"Justement," dit le Chapelier, "à mesure que les tasses ont servi."

"Mais, qu'arrive-t-il lorsque vous vous retrouvez au commencement?" se hasarda de dire Alice.

"Si nous changions de conversation," interrompit le Lièvre en bâillant; "celle-ci commence à me fatiguer. Je propose que la petite demoiselle nous conte une histoire."

"J'ai bien peur de n'en pas savoir," dit Alice, que cette proposition alarmait un peu.

"Eh bien, le Loir va nous en dire une," crièrent-ils tous deux. "Allons, Loir, réveillez-vous!" et ils le pincèrent des deux côtés à la fois.

Le Loir ouvrit lentement les yeux. "Je ne dormais pas," dit-il d'une voix faible et enrouée. "Je n'ai pas perdu un mot de ce que vous avez dit, vous autres."

"Racontez-nous une histoire," dit le Lièvre.

"Ah! Oui, je vous en prie," dit Alice d'un ton suppliant.

"Et faites vite," ajouta le Chapelier, "sans cela vous allez vous rendormir avant de vous mettre en train."

"Il y avait une fois trois petites sœurs," commença bien vite le Loir, "qui s'appelaient Elsie, Lacie, et Tillie, et elles vivaient au fond d'un puits."

"De quoi vivaient-elles?" dit Alice, qui s'intéressait toujours aux questions de boire ou de manger.

"Elles vivaient de mélasse," dit le Loir, après avoir réfléchi un instant.

"Ce n'est pas possible, comprenez donc," fit doucement observer Alice; "cela les aurait rendues malades."

"Et en effet," dit le Loir, "elles étaient très-malades."

Alice chercha à se figurer un peu l'effet que produirait sur elle une manière de vivre si extraordinaire, mais cela lui parut trop embarrassant, et elle continua : "Mais pourquoi vivaient-elles au fond d'un puits ?"

"Prenez un peu plus de thé," dit le Lièvre à Alice avec empressement.

"Je n'en ai pas pris du tout," répondit Alice d'un air offensé. "Je ne peux donc pas en prendre un peu *plus*."

"Vous voulez dire que vous ne pouvez pas en prendre *moins*," dit le Chapelier. "Il est très-aisé de prendre un peu *plus* que pas du tout."

"On ne vous a pas demandé votre avis, à vous," dit Alice.

"Ah ! qui est-ce qui se permet de faire des observations ?" demanda le Chapelier d'un air triomphant.

Alice ne savait pas trop que répondre à cela. Aussi se servit-elle un peu de thé et une tartine de pain et de beurre ; puis elle se tourna du côté du Loir, et répéta sa question. "Pourquoi vivaient-elles au fond d'un puits ?"

Le Loir réfléchit de nouveau pendant quelques instants et dit : " C'était un puits de mélasse."

" Il n'en existe pas ! " se mit à dire Alice d'un ton courroucé. Mais le Chapelier et le Lièvre firent " Chut ! Chut ! " et le Loir fit observer d'un ton bourru : " Tâchez d'être polie, ou finissez l'histoire vous-même."

" Non, continuez, je vous prie," dit Alice très humblement. " Je ne vous interromprai plus ; peut-être en existe-t-il *un*."

" Un, vraiment ! " dit le Loir avec indignation ; toutefois il voulut bien continuer. " Donc, ces trois petites sœurs, vous saurez qu'elles faisaient tout ce qu'elles pouvaient pour s'en tirer."

" Comment auraient-elles pu s'en tirer ? " dit Alice, oubliant tout à fait sa promesse.

" C'est tout simple——"

" Il me faut une tasse propre," interrompit le Chapelier. " Avançons tous d'une place."

Il avançait tout en parlant, et le Loir le suivit ; le Lièvre prit la place du Loir, et Alice

prit, d'assez mauvaise grâce, celle du Lièvre.   Le
Chapelier fut le seul qui gagnât au change ;
Alice se trouva bien plus mal partagée qu'auparavant, car le Lièvre venait de renverser le lait
dans son assiette.

Alice, craignant d'offenser le Loir, reprit avec
circonspection : "Mais je ne comprends pas ;
comment auraient-elles pu s'en tirer ?"

"C'est tout simple," dit le Chapelier.   "Quand
il y a de l'eau dans un puits, vous savez bien
comment on en tire, n'est-ce pas ?   Eh bien ! d'un
puits de mélasse on tire de la mélasse, et quand
il y a des petites filles dans la mélasse on les
tire en même temps ; comprenez-vous, petite
sotte ?"

"Pas tout à fait," dit Alice, encore plus embarrassée par cette réponse.

"Alors vous feriez bien de vous taire," dit
le Chapelier.

Alice trouva cette grossièreté un peu trop
forte ; elle se leva indignée et s'en alla.   Le Loir
s'endormit à l'instant même, et les deux autres

ne prirent pas garde à son départ, bien qu'elle regardât en arrière deux ou trois fois, espérant presque qu'ils la rappelleraient. La dernière fois qu'elle les vit, ils cherchaient à mettre le Loir dans la théière.

"A aucun prix je ne voudrais retourner auprès de ces gens-là," dit Alice, en cherchant son chemin à travers le bois. "C'est le thé le plus ridicule auquel j'aie assisté de ma vie!"

Comme elle disait cela, elle s'aperçut qu'un des

arbres avait une porte par laquelle on pouvait pénétrer à l'intérieur. "Voilà qui est curieux," pensa-t-elle. "Mais tout est curieux aujourd'hui. Je crois que je ferai bien d'entrer tout de suite." Elle entra.

Elle se retrouva encore dans la longue salle tout près de la petite table de verre.

"Cette fois je m'y prendrai mieux," se dit-elle, et elle commença par saisir la petite clef d'or et par ouvrir la porte qui menait au jardin, et puis elle se mit à grignoter le morceau de champignon qu'elle avait mis dans sa poche, jusqu'à ce qu'elle fût réduite à environ deux pieds de haut ; elle prit alors le petit passage ; et enfin—— elle se trouva dans le superbe jardin au milieu des brillants parterres et des fraîches fontaines.

CHAPITRE VIII.

LE CROQUET DE LA REINE.

UN grand rosier se trouvait à l'entrée du jardin ; les roses qu'il portait étaient blanches, mais trois jardiniers étaient en train de les peindre en rouge. Alice s'avança pour les regarder, et, au moment où elle approchait, elle en entendit un qui disait : "Fais donc attention, Cinq, et ne m'éclabousse pas ainsi avec ta peinture."

"Ce n'est pas de ma faute," dit Cinq d'un ton bourru, "c'est Sept qui m'a poussé le coude."

Là-dessus Sept leva les yeux et dit : "C'est cela, Cinq ! Jetez toujours le blâme sur les autres !"

"Vous feriez bien de vous taire, vous," dit

Cinq. "J'ai entendu la Reine dire pas plus tard que hier que vous méritiez d'être décapité!"

"Pourquoi donc cela?" dit celui qui avait parlé le premier.

"Cela ne vous regarde pas, Deux," dit Sept.

"Si fait, cela le regarde," dit Cinq ; "et je vais le lui dire. C'est pour avoir apporté à la cuisinière des oignons de tulipe au lieu d'oignons à manger."

Sept jeta là son pinceau et s'écriait : "De toutes les injustices——" lorsque ses regards tombèrent par hasard sur Alice, qui restait là à les regarder, et il se retint tout à coup. Les autres se retournèrent aussi, et tous firent un profond salut.

" Voudriez-vous avoir la bonté de me dire pourquoi vous peignez ces roses ? " demanda Alice un peu timidement.

Cinq et Sept ne dirent rien, mais regardèrent Deux. Deux commença à voix basse : " Le fait est, voyez-vous, mademoiselle, qu'il devrait y avoir ici un rosier à fleurs rouges, et nous en avons mis un à fleurs blanches, par erreur. Si la Reine s'en apercevait nous aurions tous la tête tranchée, vous comprenez. Aussi, mademoiselle, vous voyez que nous faisons de notre mieux avant qu'elle vienne pour——"

A ce moment Cinq, qui avait regardé tout le temps avec inquiétude de l'autre côté du jardin, s'écria : " La Reine ! La Reine ! " et les trois ouvriers se précipitèrent aussitôt la face contre terre. Il se faisait un grand bruit de pas, et Alice se retourna, désireuse de voir la Reine.

D'abord venaient des soldats portant des piques ; ils étaient tous faits comme les jardiniers, longs et plats, les mains et les pieds aux coins ; ensuite venaient les dix courtisans. Ceux-ci

étaient tous parés de carreaux de diamant et
marchaient deux à deux comme les soldats. Derrière eux venaient les enfants de la Reine ; il y en
avait dix, et les petits chérubins gambadaient
joyeusement, se tenant par la main deux à deux ;
ils étaient tous ornés de cœurs. Après eux venaient les invités, des rois et des reines pour la
plupart. Dans le nombre, Alice reconnut le Lapin
Blanc. Il avait l'air ému et agité en parlant,
souriait à tout ce qu'on disait, et passa sans faire
attention à elle. Suivait le Valet de Cœur, portant la couronne sur un coussin de velours ; et,
fermant cette longue procession, LE ROI ET LA
REINE DE CŒUR.

Alice ne savait pas au juste si elle devait se
prosterner comme les trois jardiniers ; mais elle
ne se rappelait pas avoir jamais entendu parler
d'une pareille formalité. "Et d'ailleurs à quoi ser-
viraient les processions," pensa-t-elle, "si les gens
avaient à se mettre la face contre terre de façon
à ne pas les voir ?" Elle resta donc debout à sa
place et attendit.

Quand la procession fut arrivée en face d'Alice, tout le monde s'arrêta pour la regarder, et la Reine dit sévèrement : " Qui est-ce ? " Elle s'adressait au Valet de Cœur, qui se contenta de saluer et de sourire pour toute réponse.

" Idiot ! " dit la Reine en rejetant la tête en arrière avec impatience ; et, se tournant vers Alice, elle continua : " Votre nom, petite ? "

" Je me nomme Alice, s'il plaît à Votre Majesté," dit Alice fort poliment. Mais elle ajouta en elle-même : " Ces gens-là ne sont, après tout, qu'un paquet de cartes. Pourquoi en aurais-je peur ? "

" Et qui sont ceux-ci ? " dit la Reine, montrant du doigt les trois jardiniers étendus autour du rosier. Car vous comprenez que, comme ils avaient la face contre terre et que le dessin qu'ils avaient sur le dos était le même que celui des autres cartes du paquet, elle ne pouvait savoir s'ils étaient des jardiniers, des soldats, des courtisans, ou bien trois de ses propres enfants.

" Comment voulez-vous que je le sache ? " dit

Alice avec un courage qui la surprit elle-même. " Cela n'est pas mon affaire à moi."

La Reine devint pourpre de colère ; et après l'avoir considérée un moment avec des yeux flamboyants comme ceux d'une bête fauve, elle se mit à crier : " Qu'on lui coupe la tête ! "

" Quelle idée ! " dit Alice très-haut et d'un ton décidé. La Reine se tut.

Le Roi lui posa la main sur le bras, et lui dit timidement : " Considérez donc, ma chère amie, que ce n'est qu'une enfant."

La Reine lui tourna le dos avec colère, et dit au Valet : " Retournez-les ! "

Ce que fit le Valet très-soigneusement du bout du pied.

"Debout ! " dit la Reine d'une voix forte et stridente. Les trois jardiniers se relevèrent à l'instant et se mirent à saluer le Roi, la Reine, les jeunes princes, et tout le monde.

" Finissez ! " cria la Reine. " Vous m'étour-dissez." Alors, se tournant vers le rosier, elle continua : " Qu'est-ce que vous faites donc là ? "

" Avec le bon plaisir de Votre Majesté," dit Deux d'un ton très-humble, mettant un genou en terre, " nous tâchions——"

" Je le vois bien ! " dit la Reine, qui avait

pendant ce temps examiné les roses. "Qu'on leur coupe la tête!" Et la procession continua sa route, trois des soldats restant en arrière pour exécuter les malheureux jardiniers, qui coururent se mettre sous la protection d'Alice.

"Vous ne serez pas décapités," dit Alice; et elle les mit dans un grand pot à fleurs qui se trouvait près de là. Les trois soldats errèrent de côté et d'autre, pendant une ou deux minutes, pour les chercher, puis s'en allèrent tranquillement rejoindre les autres.

"Leur a-t-on coupé la tête?" cria la Reine.

"Leurs têtes n'y sont plus, s'il plaît à Votre Majesté!" lui crièrent les soldats.

"C'est bien!" cria la Reine. "Savez-vous jouer au croquet?"

Les soldats ne soufflèrent mot, et regardèrent Alice, car, évidemment, c'était à elle que s'adressait la question.

"Oui," cria Alice.

"Eh bien, venez!" hurla la Reine; et Alice se joignit à la procession, fort curieuse de savoir ce qui allait arriver.

“ Il fait un bien beau temps aujourd’hui,” dit une voix timide à côté d’elle. Elle marchait auprès du Lapin Blanc, qui la regardait d’un œil inquiet.

“ Bien beau,” dit Alice. “ Où est la Duchesse ? ”

“ Chut ! Chut ! ” dit vivement le Lapin à voix basse et en regardant avec inquiétude par-dessus son épaule. Puis il se leva sur la pointe des pieds, colla sa bouche à l’oreille d’Alice et lui souffla : “ Elle est condamnée à mort.”

“ Pour quelle raison ? ” dit Alice.

“ Avez-vous dit : ‘ quel dommage ? ’ ” demanda le Lapin.

“ Non,” dit Alice. “ Je ne pense pas du tout que ce soit dommage. J’ai dit : ‘ pour quelle raison ? ’ ”

“ Elle a donné des soufflets à la Reine,” commença le Lapin. (Alice fit entendre un petit éclat de rire.) “ Oh, chut ! ” dit tout bas le Lapin d’un ton effrayé. “ La Reine va nous entendre ! Elle est arrivée un peu tard, voyez-vous, et la Reine a dit——”

“ A vos places ! ” cria la Reine d’une voix de

tonnerre, et les gens se mirent à courir dans
toutes les directions, trébuchant les uns contre
les autres ; toutefois, au bout de quelques instants

chacun fut à sa place
et la partie com-
mença.

Alice n'avait de
sa vie vu de jeu
de croquet aussi cu-
rieux que celui-là.
Le terrain n'était que
billons et sillons ;
des hérissons vivants
servaient de boules,
et des flamants de
maillets. Les soldats,
courbés en deux, avaient à se tenir la tête et
les pieds sur le sol pour former des arches.

Ce qui embarrassa le plus Alice au commencement du jeu, ce fut de manier le flamant ; elle
parvenait bien à fourrer son corps assez commo-
dément sous son bras, en laissant pendre les

pieds ; mais, le plus souvent, à peine lui avait-
elle allongé le cou bien comme il faut, et allait-
elle frapper le hérisson avec la tête, que le
flamant se relevait en se tordant, et la regardait
d'un air si ébahi qu'elle ne pouvait s'empêcher
d'éclater de rire ; et puis, quand elle lui avait fait
baisser la tête et allait recommencer, il était
bien impatientant de voir que le hérisson s'était
déroulé et s'en allait. En outre, il se trouvait
ordinairement un billon ou un sillon dans son
chemin partout où elle voulait envoyer le hérisson,
et comme les soldats courbés en deux se rele-
vaient sans cesse pour s'en aller d'un autre côté
du terrain, Alice en vint bientôt à cette conclusion : que c'était là un jeu fort difficile, en vérité.

Les joueurs jouaient tous à la fois, sans attendre leur tour, se querellant tout le temps et
se battant à qui aurait les hérissons. La Reine
entra bientôt dans une colère furieuse et se mit
à trépigner en criant : " Qu'on coupe la tête à
celui-ci ! " ou bien : " Qu'on coupe la tête à
celle-là ! " une fois environ par minute.

Alice commença à se sentir très-mal à l'aise ; il est vrai qu'elle ne s'était pas disputée avec la Reine ; mais elle savait que cela pouvait lui arriver à tout moment. " Et alors," pensait-elle, "que deviendrai-je ? Ils aiment terriblement à couper la tête aux gens ici. Ce qui m'étonne, c'est qu'il en reste encore de vivants."

Elle cherchait autour d'elle quelque moyen de s'échapper, et se demandait si elle pourrait se retirer sans être vue ; lorsqu'elle aperçut en l'air quelque chose d'étrange ; cette apparition l'intrigua beaucoup d'abord, mais, après l'avoir considérée quelques instants, elle découvrit que c'était une grimace, et se dit en elle-même, "C'est le Grimaçon ; maintenant j'aurai à qui parler."

" Comment cela va-t-il ? " dit le Chat, quand il y eut assez de sa bouche pour qu'il pût parler.

Alice attendit que les yeux parussent, et lui fit alors un signe de tête amical. " Il est inutile de lui parler," pensait-elle, "avant que ses oreilles soient venues, l'une d'elle tout au moins." Une minute après, la tête se montra tout entière, et alors Alice posa à terre son flamant et se mit à raconter sa partie de croquet, enchantée d'avoir quelqu'un qui l'écoutât. Le Chat trouva apparemment qu'il s'était assez mis en vue ; car sa tête fut tout ce qu'on en aperçut.

" Ils ne jouent pas du tout franc jeu," commença Alice d'un ton de mécontentement, " et ils se querellent tous si fort, qu'on ne peut pas s'entendre parler ; et puis on dirait qu'ils n'ont aucune règle précise ; du moins, s'il y a des règles, personne ne les suit. Ensuite vous n'avez pas idée comme cela embrouille que tous les instruments du jeu soient vivants ; par exemple, voilà l'arche par laquelle j'ai à passer qui se promène là-bas à l'autre bout du jeu, et j'aurais fait croquet sur le hérisson de la Reine tout à l'heure, s'il ne s'était pas sauvé en voyant venir le mien ! "

" Est-ce que vous aimez la Reine ? " dit le Chat à voix basse.

" Pas du tout," dit Alice. " Elle est si——" Au même instant elle aperçut la Reine tout près derrière elle, qui écoutait ; alors elle continua : " si sûre de gagner, que ce n'est guère la peine de finir la partie."

La Reine sourit et passa.

" Avec qui causez-vous donc là," dit le Roi, s'approchant d'Alice et regardant avec une extrême curiosité la tête du Chat.

"C'est un de mes amis, un Grimaçon," dit Alice : " permettez-moi de vous le présenter."

" Sa mine ne me plaît pas du tout," dit le Roi. " Pourtant il peut me baiser la main, si cela lui fait plaisir."

" Non, grand merci," dit le Chat.

" Ne faites pas l'impertinent," dit le Roi, " et ne me regardez pas ainsi ! " Il s'était mis derrière Alice en disant ces mots.

" Un chat peut bien regarder un roi," dit Alice. " J'ai lu quelque chose comme cela dans un livre, mais je ne me rappelle pas où."

" Eh bien, il faut le faire enlever," dit le Roi d'un ton très-décidé ; et il cria à la Reine, qui passait en ce moment : " Mon amie, je désirerais que vous fissiez enlever ce chat ! "

La Reine n'avait qu'une seule manière de trancher les difficultés, petites ou grandes. "Qu'on lui coupe la tête!" dit-elle sans même se retourner.

"Je vais moi-même chercher le bourreau," dit le Roi avec empressement; et il s'en alla précipitamment.

Alice pensa qu'elle ferait bien de retourner voir où en était la partie, car elle entendait au loin la voix de la Reine qui criait de colère. Elle l'avait déjà entendue condamner trois des joueurs à avoir la tête coupée, parce qu'ils avaient laissé passer leur tour, et elle n'aimait pas du tout la tournure que prenaient les choses; car le jeu était si embrouillé qu'elle ne savait jamais quand venait son tour. Elle alla à la recherche de son hérisson.

Il était en train de se battre avec un autre hérisson; ce qui parut à Alice une excellente occasion de faire croquet de l'un sur l'autre. Il n'y avait à cela qu'une difficulté, et c'était que son flamant avait passé de l'autre côté du jardin, où Alice le voyait qui faisait de vains efforts pour s'enlever et se percher sur un arbre.

Quand elle eut rattrapé et ramené le flamant, la bataille était terminée, et les deux hérissons avaient disparu. " Mais cela ne fait pas grand'chose," pensa Alice, " puisque toutes les arches ont quitté ce côté de la pelouse." Elle remit donc le flamant sous son bras pour qu'il ne lui échappât plus, et retourna causer un peu avec son ami.

Quand elle revint auprès du Chat, elle fut surprise de trouver une grande foule rassemblée autour de lui. Une discussion avait lieu entre le bourreau, le Roi, et la Reine, qui parlaient tous à la fois, tandis que les autres ne soufflaient mot et semblaient très-mal à l'aise.

Dès que parut Alice, ils en appelèrent à elle tous les trois pour qu'elle décidât la question, et lui répétèrent leurs raisonnements. Comme ils parlaient tous à la fois, elle eut beaucoup de peine à comprendre ce qu'ils disaient.

Le raisonnement du bourreau était : qu'on ne

pouvait pas trancher une tête, à moins qu'il n'y eût un corps d'où l'on pût la couper ; que jamais il n'avait eu pareille chose à faire, et que ce n'était pas *à son âge* qu'il allait commencer.

Le raisonnement du Roi était : que tout ce qui

avait une tête pouvait être décapité, et qu'il ne
fallait pas dire des choses qui n'avaient pas de
bon sens.

Le raisonnement de la Reine était : que si la
question ne se décidait pas en moins de rien, elle
ferait trancher la tête à tout le monde à la ronde.
(C'était cette dernière observation qui avait donné
à toute la compagnie l'air si grave et si inquiet.)

Alice ne trouva rien de mieux à dire que :
"Il appartient à la Duchesse ; c'est elle que vous
feriez bien de consulter à ce sujet."

"Elle est en prison," dit la Reine au bourreau. "Qu'on l'amène ici." Et le bourreau partit
comme un trait.

La tête du Chat commença à s'évanouir aussitôt que le bourreau fut parti, et elle avait complétement disparu quand il revint accompagné de la
Duchesse ; de sorte que le Roi et le bourreau se
mirent à courir de côté et d'autre comme des
fous pour trouver cette tête, tandis que le reste
de la compagnie retournait au jeu.

CHAPITRE IX.

HISTOIRE DE LA FAUSSE-TORTUE.

"Vous ne sauriez croire combien je suis heureuse de vous voir, ma bonne vieille fille!" dit la Duchesse, passant amicalement son bras sous celui d'Alice, et elles s'éloignèrent ensemble.

Alice était bien contente de la trouver de si bonne humeur, et pensait en elle-même que c'était peut-être le poivre qui l'avait rendue si méchante, lorsqu'elles se rencontrèrent dans la cuisine. "Quand je serai Duchesse, moi," se dit-elle (d'un ton qui exprimait peu d'espérance cependant), "je n'aurai pas de poivre dans ma cuisine, pas le moindre grain. La soupe peut très-bien s'en passer. Ça pourrait bien être le

poivre qui échauffe la bile des gens," continua-
t-elle, enchantée d'avoir fait cette découverte ;
" ça pourrait bien être le vinaigre qui les
aigrit ; la camomille qui les rend amères ; et le
sucre d'orge et d'autres choses du même genre
qui adoucissent le caractère des enfants. Je
voudrais bien que tout le monde sût cela ; on
ne serait pas si chiche de sucreries, voyez-
vous."

Elle avait alors complétement oublié la
Duchesse, et tressaillit en entendant sa voix
tout près de son oreille. "Vous pensez à
quelque chose, ma chère petite, et cela vous
fait oublier de causer. Je ne puis pas vous
dire en ce moment quelle est la morale de ce
fait, mais je m'en souviendrai tout à l'heure."

" Peut-être n'y en a-t-il pas," se hasarda de
dire Alice.

" Bah, bah, mon enfant ! " dit la Duchesse.
" Il y a une morale à tout, si seulement on
pouvait la trouver." Et elle se serra plus près
d'Alice en parlant.

Alice n'aimait pas trop qu'elle se tînt si près d'elle ; d'abord parce que la Duchesse était très-laide, et ensuite parce qu'elle était juste assez grande pour appuyer son menton sur l'épaule d'Alice, et c'était un menton très-désagréablement pointu. Pourtant elle ne voulait pas être impolie, et elle supporta cela de son mieux.

" La partie va un peu mieux maintenant," dit-elle, afin de soutenir la conversation.

"C'est vrai," dit la Duchesse ; " et la morale en est : 'Oh ! c'est l'amour, l'amour qui fait aller le monde à la ronde !'"

“ Quelqu’un a dit,” murmura Alice, “ que c’est quand chacun s’occupe de ses affaires que le monde n’en va que mieux.”

“ Eh bien ! Cela signifie presque la même chose,” dit la Duchesse, qui enfonça son petit menton pointu dans l’épaule d’Alice, en ajoutant : “ Et la morale en est : ‘ Un chien vaut mieux que deux gros rats. ’ ”

“ Comme elle aime à trouver des morales partout ! ” pensa Alice.

“ Je parie que vous vous demandez pourquoi je ne passe pas mon bras autour de votre taille,” dit la Duchesse après une pause : “ La raison en est que je ne me fie pas trop à votre flamant. Voulez-vous que j’essaie ? ”

“ Il pourrait mordre,” répondit Alice, qui ne se sentait pas la moindre envie de faire l’essai proposé.

“ C’est bien vrai,” dit la Duchesse ; “ les flamants et la moutarde mordent tous les deux, et la morale en est : ‘ Qui se ressemble, s’assemble. ’ ”

"Seulement la moutarde n'est pas un oiseau," répondit Alice.

"Vous avez raison, comme toujours," dit la Duchesse ; "avec quelle clarté vous présentez les choses !"

"C'est un minéral, je crois," dit Alice.

"Assurément," dit la Duchesse, qui semblait prête à approuver tout ce que disait Alice ; "il y a une bonne mine de moutarde près d'ici ; la morale en est qu'il faut faire bonne mine à tout le monde !"

"Oh ! je sais," s'écria Alice, qui n'avait pas fait attention à cette dernière observation, "c'est un végétal ; ça n'en a pas l'air, mais c'en est un."

"Je suis tout à fait de votre avis," dit la Duchesse, " et la morale en est : 'Soyez ce que vous voulez paraître ;' ou, si vous voulez que je le dise plus simplement : 'Ne vous imaginez jamais de ne pas être autrement que ce qu'il pourrait sembler aux autres que ce que vous étiez ou auriez pu être n'était pas autrement que ce que vous aviez été leur aurait paru être autrement.' "

"Il me semble que je comprendrais mieux cela," dit Alice fort poliment, "si je l'avais par écrit : mais je ne peux pas très-bien le suivre comme vous le dites."

"Cela n'est rien auprès de ce que je pourrais dire si je voulais," répondit la Duchesse d'un ton satisfait.

"Je vous en prie, ne vous donnez pas la peine d'allonger davantage votre explication," dit Alice.

"Oh ! ne parlez pas de ma peine," dit la Duchesse ; "je vous fais cadeau de tout ce que j'ai dit jusqu'à présent."

"Voilà un cadeau qui n'est pas cher ! " pensa Alice. "Je suis bien contente qu'on ne fasse pas de cadeau d'anniversaire comme cela ! " Mais elle ne se hasarda pas à le dire tout haut.

"Encore à réfléchir ? " demanda la Duchesse, avec un nouveau coup de son petit menton pointu.

"J'ai bien le droit de réfléchir," dit Alice sèchement, car elle commençait à se sentir un peu ennuyée.

"A peu près le même droit," dit la Duchesse, "que les cochons de voler, et la mo——"

Mais ici, au grand étonnement d'Alice, la voix de la Duchesse s'éteignit au milieu de son mot favori, *morale*, et le bras qui était passé sous le sien commença de trembler.   Alice leva les yeux et vit la Reine en face d'elle, les bras croisés, sombre et terrible comme un orage.

"Voilà un bien beau temps, Votre Majesté !" fit la Duchesse, d'une voix basse et tremblante.

"Je vous en préviens !" cria la Reine, trépignant tout le temps. "Hors d'ici, ou à bas la tête ! et cela en moins de rien !   Choisissez."

La Duchesse eut bientôt fait son choix : elle disparut en un clin d'œil.

"Continuons notre partie," dit la Reine à Alice ; et Alice, trop effrayée pour souffler mot, la suivit lentement vers la pelouse.

Les autres invités, profitant de l'absence de la

Reine, se reposaient à l'ombre, mais sitôt qu'ils la virent ils se hâtèrent de retourner au jeu, la Reine leur faisant simplement observer qu'un instant de retard leur coûterait la vie.

Tant que dura la partie, la Reine ne cessa de se quereller avec les autres joueurs et de crier : "Qu'on coupe la tête à celui-ci ! Qu'on coupe la tête à celle-là !" Ceux qu'elle condamnait étaient arrêtés par les soldats qui, bien entendu, avaient à cesser de servir d'arches, de sorte qu'au bout d'une demi-heure environ, il ne restait plus d'arches, et tous les joueurs, à l'exception du Roi, de la Reine, et d'Alice, étaient arrêtés et condammés à avoir la tête tranchée.

Alors la Reine cessa le jeu toute hors d'haleine, et dit à Alice : "Avez-vous vu la Fausse-Tortue ?"

"Non," dit Alice ; "je ne sais même pas ce que c'est qu'une Fausse-Tortue."

"C'est ce dont on fait la soupe à la Fausse-Tortue," dit la Reine.

"Je n'en ai jamais vu, et c'est la première fois que j'en entends parler," dit Alice.

"Eh bien! venez," dit la Reine, "et elle vous contera son histoire."

Comme elles s'en allaient ensemble, Alice entendit le Roi dire à voix basse à toute la compagnie : "Vous êtes tous graciés." "Allons, voilà qui est heureux!" se dit-elle en elle-même, car elle était toute chagrine du grand nombre d'exécutions que la Reine avait ordonnées.

Elles rencontrèrent bientôt un Griffon, étendu au soleil et dormant profondément. (Si vous ne savez pas ce que c'est qu'un Griffon, regardez l'image.) "Debout! paresseux," dit la Reine,

" et menez cette petite demoiselle voir la Fausse-
Tortue, et l'entendre raconter son histoire. Il
faut que je m'en retourne pour veiller à
quelques exécutions que j'ai ordonnées ; " et elle
partit laissant Alice seule avec le Griffon. La
mine de cet animal ne plaisait pas trop à Alice,
mais, tout bien considéré, elle pensa qu'elle ne
courait pas plus de risques en restant auprès de
lui, qu'en suivant cette Reine farouche.

Le Griffon se leva et se frotta les yeux, puis
il guetta la Reine jusqu'à ce qu'elle fût disparue ;
et il se mit à ricaner. " Quelle farce ! " dit le
Griffon, moitié à part soi, moitié à Alice.

" Quelle est la farce ? " demanda Alice.

" Elle ! " dit le Griffon. " C'est une idée
qu'elle se fait ; jamais on n'exécute personne,
vous comprenez. Venez donc ! "

" Tout le monde ici dit : ' Venez donc ! ' "
pensa Alice, en suivant lentement le Griffon.
" Jamais de ma vie on ne m'a fait aller comme
cela ; non, jamais ! "

Ils ne firent pas beaucoup de chemin avant

d'apercevoir dans l'éloignement la Fausse-Tortue assise, triste et solitaire, sur un petit récif, et, à mesure qu'ils approchaient, Alice pouvait l'entendre qui soupirait comme si son cœur allait se briser ; elle la plaignait sincèrement. " Quel est donc son chagrin ? " demanda-t-elle au Griffon ; et le Griffon répondit, presque dans les mêmes termes qu'auparavant : " C'est une idée qu'elle se fait ; elle n'a point de chagrin, vous comprenez. Venez donc ! "

Ainsi ils s'approchèrent de la Fausse-Tortue, qui les regarda avec de grands yeux pleins de larmes, mais ne dit rien.

" Cette petite demoiselle," dit le Griffon, " veut savoir votre histoire."

" Je vais la lui raconter," dit la Fausse-Tortue, d'un ton grave et sourd : " Asseyez-vous tous deux, et ne dites pas un mot avant que j'aie fini."

Ils s'assirent donc, et pendant quelques minutes, personne ne dit mot. Alice pensait : " Je ne vois pas comment elle pourra jamais finir

si elle ne commence pas." Mais elle attendit
patiemment.

"Autrefois," dit enfin la Fausse-Tortue, "j'étais
une vraie Tortue."

Ces paroles furent suivies d'un long silence interrompu seulement de temps à autre par cette exclamation du Griffon : " Hjckrrh ! " et les soupirs continuels de la Fausse-Tortue. Alice était sur le point de se lever et de dire : " Merci de votre histoire intéressante," mais elle ne pouvait s'empêcher de penser qu'il devait sûrement y en avoir encore à venir. Elle resta donc tranquille sans rien dire.

" Quand nous étions petits," continua la Fausse-Tortue d'un ton plus calme, quoiqu'elle laissât encore de temps à autre échapper un sanglot, " nous allions à l'école au fond de la mer. La maîtresse était une vieille tortue ; nous l'appelions Chélonée."

" Et pourquoi l'appeliez-vous Chélonée, si ce n'était pas son nom ? "

" Parce qu'on ne pouvait s'empêcher de s'écrier en la voyant : ' Quel long nez ! ' " dit la Fausse-Tortue d'un ton fâché ; " vous êtes vraiment bien bornée ! "

" Vous devriez avoir honte de faire une question si simple !" ajouta le Griffon ; et puis tous deux gardèrent le silence, les yeux fixés sur la pauvre Alice, qui se sentait prête à rentrer sous terre. Enfin le Griffon dit à la Fausse-Tortue, "En avant, camarade ! Tâchez d'en finir aujourd'hui !" et elle continua en ces termes :

"Oui, nous allions à l'école dans la mer, bien que cela vous étonne."

"Je n'ai pas dit cela," interrompit Alice.

"Vous l'avez dit," répondit la Fausse-Tortue.

"Taisez-vous donc," ajouta le Griffon, avant qu'Alice pût reprendre la parole. La Fausse-Tortue continua :

"Nous recevions la meilleure éducation possible ; au fait, nous allions tous les jours à l'école."

"Moi aussi, j'y ai été tous les jours," dit Alice ; "il n'y a pas de quoi être si fière."

"Avec des 'en sus,'" dit la Fausse-Tortue avec quelque inquiétude.

"Oui," dit Alice, "nous apprenions l'italien et la musique en sus."

“ Et le blanchissage ? ” dit la Fausse-Tortue.

“ Non, certainement ! ” dit Alice indignée.

“ Ah ! Alors votre pension n'était pas vraiment des bonnes,” dit la Fausse-Tortue comme soulagée d'un grand poids. “ Eh bien, à notre pension il y avait au bas du prospectus : ‘ l'italien, la musique, et le blanchissage en sus.’ ”

“ Vous ne deviez pas en avoir grand besoin, puisque vous viviez au fond de la mer,” dit Alice.

“ Je n'avais pas les moyens de l'apprendre,” dit en soupirant la Fausse-Tortue ; “ je ne suivais que les cours ordinaires.”

“ Qu'est-ce que c'était ? ” demanda Alice.

“ A Luire et à Médire, cela va sans dire,” répondit la Fausse-Tortue ; “ et puis les différentes branches de l'Arithmétique : l'Ambition, la Distraction, l'Enjolification, et la Dérision.”

“ Je n'ai jamais entendu parler d'enjolification,” se hasarda de dire Alice. “ Qu'est-ce que c'est ? ”

Le Griffon leva les deux pattes en l'air en signe d'étonnement. “ Vous n'avez jamais en-

tendu parler d'enjolir !" s'écria-t-il. "Vous savez
ce que c'est que 'embellir,' je suppose ?"

"Oui," dit Alice, en hésitant : "cela veut dire
—— rendre—— une chose—— plus belle."

"Eh bien !" continua le Griffon, "si vous ne
savez pas ce que c'est que 'enjolir' vous êtes
vraiment niaise."

Alice ne se sentit pas encouragée à faire de
nouvelles questions là-dessus, elle se tourna donc
vers la Fausse-Tortue, et lui dit, "Qu'appreniez-
vous encore ?"

"Eh bien, il y avait le Grimoire," répondit la
Fausse-Tortue en comptant sur ses battoirs ; "le
Grimoire ancien et moderne, avec la Mérographie,
et puis le Dédain ; le maître de Dédain était un
vieux congre qui venait une fois par semaine ; il
nous enseignait à Dédaigner, à Esquiver et à
Feindre à l'huître."

"Qu'est-ce que cela ?" dit Alice.

"Ah ! je ne peux pas vous le montrer, moi,"
dit la Fausse-Tortue, "je suis trop gênée, et le
Griffon ne l'a jamais appris."

“Je n’en avais pas le temps,” dit le Griffon, “mais j’ai suivi les cours du professeur de langues mortes ; c’était un vieux crabe, celui-là.”

“Je n’ai jamais suivi ses cours,” dit la Fausse-Tortue avec un soupir ; “il enseignait le Larcin et la Grève.”

“C’est ça, c’est ça,” dit le Griffon, en soupirant à son tour ; et ces deux créatures se cachèrent la figure dans leurs pattes.

“Combien d’heures de leçons aviez-vous par jour ?” dit Alice vivement, pour changer la conversation.

“Dix heures, le premier jour,” dit la Fausse-Tortue ; “neuf heures, le second, et ainsi de suite.”

“Quelle singulière méthode !” s’écria Alice.

“C’est pour cela qu’on les appelle leçons,” dit le Griffon, “parce que nous les laissons là peu à peu.”

C’était là pour Alice une idée toute nouvelle ; elle y réfléchit un peu avant de faire une autre observation. “Alors le onzième jour devait être un jour de congé ?”

" Assurément," répondit la Fausse-Tortue.

" Et comment vous arrangiez-vous le douzième jour ? " s'empressa de demander Alice.

" En voilà assez sur les leçons," dit le Griffon intervenant d'un ton très-décidé ; " parlez-lui des jeux maintenant."

CHAPITRE X.

LE QUADRILLE DE HOMARDS.

La Fausse-Tortue soupira profondément et passa le dos d'une de ses nageoires sur ses yeux. Elle regarda Alice et s'efforça de parler, mais les sanglots étouffèrent sa voix pendant une ou deux minutes. "On dirait qu'elle a un os dans le gosier," dit le Griffon, et il se mit à la secouer et à lui taper dans le dos. Enfin la Fausse-Tortue retrouva la voix, et, tandis que de grosses larmes coulaient le long de ses joues, elle continua :

" Peut-être n'avez-vous pas beaucoup vécu au fond de la mer ?"—("Non," dit Alice)—" et peut-être ne vous a-t-on jamais présentée à un homard ? '

(Alice allait dire : " J'en ai goûté une fois——"
mais elle se reprit vivement, et dit : " Non,
jamais.") " De sorte que vous ne pouvez pas du
tout vous figurer quelle chose délicieuse c'est qu'un
quadrille de homards."

" Non, vraiment," dit Alice. " Qu'est-ce que
c'est que cette danse-là ? "

" D'abord," dit le Griffon, " on se met en rang
le long des bords de la mer——"

" On forme deux rangs," cria la Fausse-Tortue :
" des phoques, des tortues et des saumons, et ainsi
de suite. Puis lorsqu'on a débarrassé la côte des
gelées de mer——"

" Cela prend ordinairement longtemps," dit le
Griffon.

" ——on avance deux fois——"

" Chacun ayant un homard pour danseur," cria
le Griffon.

" Cela va sans dire," dit la Fausse-Tortue.
" Avancez deux fois et balancez——"

" Changez de homards, et revenez dans le même
ordre," continua le Griffon.

“ Et puis, vous comprenez,” continua la Fausse-
Tortue, “ vous jetez les——”

“ Les homards !” cria le Griffon, en faisant un
bond en l’air.

“ ——aussi loin à la mer que vous le pouvez——”

“ Vous nagez à leur poursuite ! ! ” cria le Griffon.

“ ——vous faites une cabriole dans la mer ! ! ! ”
cria la Fausse-Tortue, en cabriolant de tous côtés
comme une folle.

“ Changez encore de homards ! ! ! ! ” hurla le
Griffon de toutes ses forces.

“ ——revenez à terre ; et—— c’est là la première figure,” dit la Fausse-Tortue, baissant tout
à coup la voix ; et ces deux êtres, qui pendant
tout ce temps avaient bondi de tous côtés comme
des fous, se rassirent bien tristement et bien
posément, puis regardèrent Alice.

“ Cela doit être une très-jolie danse,” dit timidement Alice.

“ Voudriez-vous voir un peu comment ça se
danse ? ” dit la Fausse-Tortue.

" Cela me ferait grand plaisir," dit Alice.

" Allons, essayons la première figure," dit la
Fausse-Tortue au Griffon ; " nous pouvons la faire
sans homards, vous comprenez.   Qui va chanter ? "

" Oh ! chantez, vous," dit le Griffon ; " moi j'ai
oublié les paroles."

Il se mirent donc à danser gravement tout autour d'Alice, lui marchant de temps à autre sur les pieds quand ils approchaient trop près, et remuant leurs pattes de devant pour marquer la mesure, tandis que la Fausse-Tortue chantait très-lentement et très-tristement :

" *Nous n'irons plus à l'eau,*
  Si tu n'avances tôt ;
  Ce Marsouin trop pressé
  Va tous nous écraser.
   Colimaçon danse,
   Entre dans la danse ;
   Sautons, dansons,
Avant de faire un plongeon."

" *Je ne veux pas danser,*
  Je me f'rais fracasser."
  " *Oh !*" *reprend le Merlan,*
  " *C'est pourtant bien plaisant.*"
   Colimaçon danse,
   Entre dans la danse ;
   Sautons, dansons,
Avant de faire un plongeon.

" Je ne veux pas plonger,
Je ne sais pas nager."
—" Le Homard et l'bateau
D'sauv'tag' te tir'ront d'l'eau."
Colimaçon danse,
Entre dans la danse ;
Sautons, dansons,
Avant de faire un plongeon.

" Merci ; c'est une danse très-intéressante à voir
danser," dit Alice, enchantée que ce fût enfin fini ;
" et je trouve cette curieuse chanson du merlan
si agréable ! "

" Oh ! quant aux merlans," dit la Fausse-Tortue,
" ils—— vous les avez vus, sans doute ? "

" Oui," dit Alice, "je les ai souvent vus à
dî——" elle s'arrêta tout court.

" Je ne sais pas où est Di," reprit la Fausse·
Tortue ; "mais, puisque vous les avez vus si
souvent, vous devez savoir l'air qu'ils ont ? "

" Je le crois," répliqua Alice, en se recueillant.
"Ils ont la queue dans la bouche—— et sont
tout couverts de mie de pain."

"Vous vous trompez à l'endroit de la mie de pain," dit la Fausse-Tortue : "la mie serait enlevée dans la mer, mais ils ont bien la queue dans la bouche, et la raison en est que——" Ici la Fausse-Tortue bâilla et ferma les yeux. "Dites-lui-en la raison et tout ce qui s'ensuit," dit-elle au Griffon.

"La raison, c'est que les merlans," dit le Griffon, "voulurent absolument aller à la danse avec les homards. Alors on les jeta à la mer. Alors ils eurent à tomber bien loin, bien loin. Alors ils s'entrèrent la queue fortement dans la bouche. Alors ils ne purent plus l'en retirer. Voilà tout."

"Merci," dit Alice, "c'est très-intéressant ; je n'en avais jamais tant appris sur le compte des merlans."

"Je propose donc," dit le Griffon, "que vous nous racontiez quelques-unes de vos aventures."

"Je pourrais vous conter mes aventures à partir de ce matin," dit Alice un peu timidement ; "mais il est inutile de parler de la journée d'hier, car j'étais une personne tout à fait différente alors."

"Expliquez-nous cela," dit la Fausse-Tortue.

" Non, non, les aventures d'abord," dit le Griffon d'un ton d'impatience ; " les explications prennent tant de temps."

Alice commença donc à leur conter ses aventures depuis le moment où elle avait vu le Lapin Blanc pour la première fois. Elle fut d'abord un peu troublée dans le commencement ; les deux créatures se tenaient si près d'elle, une de chaque côté, et ouvraient de si grands yeux et une si grande bouche ! Mais elle reprenait courage à mesure qu'elle parlait. Les auditeurs restèrent fort tranquilles jusqu'à ce qu'elle arrivât au moment de son histoire où elle avait eu à répéter à la chenille : " *Vous êtes vieux, Père Guillaume,*" et où les mots lui étaient venus tout de travers, et alors la Fausse-Tortue poussa un long soupir et dit : " C'est bien singulier."

" Tout cela est on ne peut plus singulier," dit le Griffon.

" Tout de travers," répéta la Fausse-Tortue d'un air rêveur. " Je voudrais bien l'entendre réciter quelque chose à présent. Dites-lui de s'y mettre." Elle regardait le Griffon comme si elle

lui croyait de l'autorité sur Alice.

"Debout, et récitez: '*C'est la voix du canon*,'" dit le Griffon.

"Comme ces êtres-là vous commandent et vous font répéter des leçons!" pensa Alice: "autant vaudrait être à l'école." Cependant elle se leva et se mit à réciter; mais elle avait la tête si pleine du Quadrille de Homards, qu'elle savait à peine ce qu'elle disait, et que les mots lui venaient tout drôlement:—

"C'est la voix du homard grondant comme la foudre:
'On m'a trop fait bouillir, il faut que je me poudre!'
Puis, les pieds en dehors, prenant la brosse en main,
De se faire bien beau vite il se met en train."

" C'est tout différent de ce que je récitais quand j'étais petit, moi," dit le Griffon.

" Je ne l'avais pas encore entendu réciter," dit la Fausse-Tortue ; "mais cela me fait l'effet d'un fameux galimatias."

Alice ne dit rien ; elle s'était rassise, la figure dans ses mains, se demandant avec étonnement si jamais les choses reprendraient leur cours naturel.

" Je voudrais bien qu'on m'expliquât cela," dit la Fausse-Tortue.

" Elle ne peut pas l'expliquer," dit le Griffon vivement. " Continuez, récitez les vers suivants."

" Mais, *les pieds en dehors,*" continua opiniâtrément la Fausse-Tortue. " Pourquoi dire qu'il avait les pieds en dehors ? "

" C'est la première position lorsqu'on apprend à danser," dit Alice ; tout cela l'embarrassait fort, et il lui tardait de changer la conversation.

" Récitez les vers suivants," répéta le Griffon avec impatience ; "ça commence : ' *Passant près de chez lui*——' "

Alice n'osa pas désobéir, bien qu'elle fût sûre que les mots allaient lui venir tout de travers. Elle continua donc d'une voix tremblante :

" Passant près de chez lui, j'ai vu, ne vous déplaise,
Une huître et un hibou qui dînaient fort à l'aise."

" A quoi bon répéter tout ce galimatias," interrompit la Fausse-Tortue, " si vous ne l'expliquez pas à mesure que vous le dites ? C'est, de beaucoup, ce que j'ai entendu de plus embrouillant."

" Oui, je crois que vous feriez bien d'en rester là," dit le Griffon ; et Alice ne demanda pas mieux.

" Essaierons-nous une autre figure du Quadrille de Homards ? " continua le Griffon. " Ou bien, préférez-vous que la Fausse-Tortue vous chante quelque chose ? "

" Oh ! une chanson, je vous prie ; si la Fausse-Tortue veut bien avoir cette obligeance," répondit Alice, avec tant d'empressement que le Griffon dit d'un air un peu offensé : " Hum ! Chacun son goût. Chantez-lui *'La Soupe à la Tortue,'* hé ! camarade ! "

La Fausse-Tortue poussa un profond soupir et commença, d'une voix de temps en temps étouffée par les sanglots :

" O doux potage,
O mets délicieux !
Ah ! pour partage,
Quoi de plus précieux ?
Plonger dans ma soupière
Cette vaste cuillère
Est un bonheur
Qui me réjouit le cœur.

" Gibier, volaille,
Lièvres, dindes, perdreaux,
Rien qui te vaille,——
Pas même les pruneaux !
Plonger dans ma soupière
Cette vaste cuillère
Est un bonheur
Qui me réjouit le cœur."

" Bis au refrain ! " cria le Griffon ; et la Fausse-Tortue venait de le reprendre, quand un cri, " Le procès va commencer ! " se fit entendre au loin.

"Venez donc!" cria le Griffon ; et, prenant Alice par la main, il se mit à courir sans attendre la fin de la chanson.

"Qu'est-ce que c'est que ce procès?" demanda Alice hors d'haleine ; mais le Griffon se contenta de répondre : "Venez donc!" en courant de plus belle, tandis que leur parvenaient, de plus en plus faibles, apportées par la brise qui les poursuivait, ces paroles pleines de mélancolie :

> "*Plonger dans ma soupière*
> *Cette vaste cuillère*
> *Est un bonheur*
> *Qui me réjouit le cœur.*"

CHAPITRE XI.

LE Roi et la Reine de Cœur étaient assis sur leur trône, entourés d'une nombreuse assemblée : toutes sortes de petits oiseaux et d'autres bêtes, ainsi que le paquet de cartes tout entier. Le Valet, chargé de chaînes, gardé de chaque côté par un soldat, se tenait debout devant le trône, et près du roi se trouvait le Lapin Blanc, tenant d'une main une trompette et de l'autre un rouleau de parchemin. Au beau milieu de la salle était une table sur laquelle on voyait un grand plat de tartes ; ces tartes semblaient si bonnes que cela donna faim à Alice, rien que de les regarder. "Je voudrais bien qu'on se dépêchât de finir le procès," pensa-t-elle, "et qu'on fît passer les rafraîchissements," mais cela ne paraissait guère probable, aussi se mit-elle à regarder tout autour d'elle pour passer le temps.

C'était la première fois qu'Alice se trouvait dans une cour de justice, mais elle en avait lu des descriptions dans les livres, et elle fut toute contente de voir qu'elle savait le nom de presque tout ce qu'il y avait là. "Ça, c'est le juge," se dit-elle ; "je le reconnais à sa grande perruque."

Le juge, disons-le en passant, était le Roi, et, comme il portait sa couronne par-dessus sa perruque (regardez le frontispice, si vous voulez savoir comment il s'était arrangé) il n'avait pas du tout l'air d'être à son aise, et cela ne lui allait pas bien du tout.

"Et ça, c'est le banc du jury," pensa Alice ; "et ces douze créatures" (elle était forcée de dire 'créatures,' vous comprenez, car quelques-uns étaient des bêtes et quelques autres des oiseaux), "je suppose que ce sont les jurés;" elle se répéta ce dernier mot deux ou trois fois, car elle en était assez fière : pensant avec raison que bien peu de petites filles de son âge savent ce que cela veut dire.

Les douze jurés étaient tous très-occuppés à écrire sur des ardoises. "Qu'est-ce qu'ils font là?" dit Alice à l'oreille du Griffon. "Ils ne peuvent rien avoir à écrire avant que le procès soit commencé."

"Ils inscrivent leur nom," répondit de même le Griffon, "de peur de l'oublier avant la fin du procès."

"Les niais!" s'écria Alice d'un ton indigné, mais elle se retint bien vite, car le Lapin Blanc cria : "Silence dans l'auditoire!" Et le Roi, mettant ses lunettes, regarda vivement autour de lui pour voir qui parlait.

Alice pouvait voir, aussi clairement que si elle eût regardé par-dessus leurs épaules, que tous les jurés étaient en train d'écrire "les niais" sur leurs ardoises, et elle pouvait même distinguer que l'un d'eux ne savait pas écrire " niais " et qu'il était obligé de le demander à son voisin. " Leurs ardoises seront dans un bel état avant la fin du procès ! " pensa Alice.

Un des jurés avait un crayon qui grinçait ; Alice, vous le pensez bien, ne pouvait pas souffrir cela ; elle fit le tour de la salle, arriva derrière lui, et trouva bientôt l'occasion d'enlever le crayon. Ce fut si tôt fait que le pauvre petit juré (c'était Jacques, le lézard) ne pouvait pas s'imaginer ce qu'il était devenu. Après avoir cherché partout, il fut obligé d'écrire avec un doigt tout le reste du jour, et cela était fort inutile, puisque son doigt ne laissait aucune marque sur l'ardoise.

" Héraut, lisez l'acte d'accusation ! " dit le Roi. Sur ce, le Lapin Blanc sonna trois fois de la trompette, et puis, déroulant le parchemin, lut ainsi qu'il suit :

> " *La Reine de Cœur fit des tartes,*
> *Un beau jour de printemps;*
> *Le Valet de Cœur prit les tartes,*
> *Et s'en fut tout content !*"

"Délibérez," dit le Roi aux jurés.

"Pas encore, pas encore," interrompit vivement le Lapin; "il y a bien des choses à faire
auparavant !"

“Appelez les témoins,” dit le Roi; et le Lapin Blanc sonna trois fois de la trompette, et cria: “Le premier témoin!”

Le premier témoin était le Chapelier. Il entra, tenant d’une main une tasse de thé et de l’autre une tartine de beurre. “Pardon, Votre Majesté,” dit il, “si j’apporte cela ici; je n’avais pas tout à fait fini de prendre mon thé lorsqu’on est venu me chercher.”

“Vous auriez dû avoir fini,” dit le Roi; “quand avez-vous commencé?”

Le Chapelier regarda le Lièvre qui l’avait suivi dans la salle, bras dessus bras dessous avec le Loir. “Le Quatorze Mars, je crois bien,” dit-il.

“Le Quinze!” dit le Lièvre.

“Le Seize!” ajouta le Loir.

“Notez cela,” dit le Roi aux jurés. Et les jurés s’empressèrent d’écrire les trois dates sur leurs ardoises; puis en firent l’addition, dont ils cherchèrent à réduire le total en francs et centimes.

“Ôtez votre chapeau,” dit le Roi au Chapelier.

“Il n'est pas à moi,” dit le Chapelier.

“Volé!” s'écria le Roi en se tournant du côté des jurés, qui s'empressèrent de prendre note du fait.

“Je les tiens en vente,” ajouta le Chapelier, comme explication. “Je n'en ai pas à moi ; je suis chapelier.”

Ici la Reine mit ses lunettes, et se prit à regarder fixement le Chapelier, qui devint pâle et tremblant.

“Faites votre déposition,” dit le Roi ; “et ne soyez pas agité ; sans cela je vous fais exécuter sur-le-champ.”

Cela ne parut pas du tout encourager le témoin ; il ne cessait de passer d'un pied sur l'autre en regardant la Reine d'un air inquiet, et, dans son trouble, il mordit dans la tasse et en enleva un grand morceau, au lieu de mordre dans la tartine de beurre.

Juste à ce moment-là, Alice éprouva une étrange sensation qui l'embarrassa beaucoup, jusqu'à ce qu'elle se fût rendu compte de ce que c'était. Elle recommençait à grandir, et elle pensa d'abord à se lever et à quitter la cour ; mais, toute réflexion faite, elle se décida à rester où elle était, tant qu'il y aurait de la place pour elle.

"Ne poussez donc pas comme ça," dit le Loir ; "je puis à peine respirer."

"Ce n'est pas de ma faute," dit Alice doucement ; "je grandis."

"Vous n'avez pas le droit de grandir ici," dit le Loir.

"Ne dites pas de sottises," répliqua Alice plus hardiment ; "vous savez bien que vous aussi vous grandissez."

"Oui, mais je grandis raisonnablement, moi," dit le Loir ; "et non de cette façon ridicule." Il se leva en faisant la mine, et passa de l'autre côté de la salle.

Pendant tout ce temps-là, la Reine n'avait pas cessé de fixer les yeux sur le Chapelier, et, comme le Loir traversait la salle, elle dit à un des

officiers du tribunal : "Apportez-moi la liste des
chanteurs du dernier concert." Sur quoi, le mal-

heureux Chapelier se
mit à trembler si for-
tement qu'il en perdit
ses deux souliers.

"Faites votre dé-
position," répéta le Roi
en colère ; "ou bien
je vous fais exécuter,
que vous soyez troublé
ou non !"

"Je suis un pauvre
homme, Votre Ma-
jesté," fit le Chapelier
d'une voix tremblante ; "et il n'y avait guère
qu'une semaine ou deux que j'avais commencé à
prendre mon thé, et avec ça les tartines devenaient
si minces et les *dragées* du thé——"

"Les *dragées* de quoi ?" dit le Roi.

"Ça a commencé par le thé," répondit le
Chapelier.

" Je vous dis que dragée commence par un
d ! " cria le Roi vivement. " Me prenez-vous pour
un âne ? Continuez ! "

" Je suis un pauvre homme," continua le Chapelier ; " et les dragées et les autres choses me
firent perdre la tête. Mais le Lièvre dit — "

" C'est faux ! " s'écria le Lièvre se dépêchant
de l'interrompre.

" C'est vrai ! " cria le Chapelier.

" Je le nie ! " cria le Lièvre.

" Il le nie ! " dit le Roi. " Passez là-dessus."

" Eh bien ! dans tous les cas, le Loir dit——"
continua le Chapelier, regardant autour de lui pour
voir s'il nierait aussi ; mais le Loir ne nia rien,
car il dormait profondément.

" Après cela," continua le Chapelier, "je me
coupai d'autres tartines de beurre."

" Mais, que dit le Loir ? " demanda un des
jurés.

" C'est ce que je ne peux pas me rappeler,"
dit le Chapelier.

" Il faut absolument que vous vous le rap-

peliez," fit observer le Roi; "ou bien je vous fais exécuter."

Le malheureux Chapelier laissa tomber sa tasse et sa tartine de beurre, et mit un genou en terre. "Je suis un pauvre homme, Votre Majesté!" commença-t-il.

"Vous êtes un très-pauvre orateur," dit le Roi.

Ici un des cochons d'Inde applaudit, et fut immédiatement réprimé par un des huissiers. (Comme ce mot est assez difficile, je vais vous expliquer comment cela se fit. Ils avaient un grand sac de toile qui se fermait à l'aide de deux ficelles attachées à l'ouverture ; dans ce sac ils firent glisser le cochon d'Inde la tête la première, puis ils s'assirent dessus.)

"Je suis contente d'avoir vu cela," pensa Alice. "J'ai souvent lu dans les journaux, à la fin des procès : 'Il se fit quelques tentatives d'applaudissements qui furent bientôt réprimées par les huissiers,' et je n'avais jamais compris jusqu'à présent ce que cela voulait dire."

"Si c'est là tout ce que vous savez de

l'affaire, vous pouvez vous prosterner," continua
le Roi.

"Je ne puis pas me prosterner plus bas que
cela," dit le Chapelier ; "je suis déjà par terre."

"Alors asseyez-vous," répondit le Roi.

Ici l'autre cochon d'Inde applaudit et fut
réprimé.

"Bon, cela met fin aux cochons d'Inde ! "
pensa Alice. "Maintenant ça va mieux aller."

"J'aimerais bien aller finir de prendre
mon thé," dit le Chapelier, en lançant un regard

inquiet sur la Reine, qui lisait la liste des chanteurs.

" Vous pouvez vous retirer," dit le Roi ; et le Chapelier se hâta de quitter la cour, sans même prendre le temps de mettre ses souliers.

" Et coupez-lui la tête dehors," ajouta la Reine, s'adressant à un des huissiers ; mais le Chapelier était déjà bien loin avant que l'huissier arrivât à la porte.

" Appelez un autre témoin," dit le Roi.

L'autre témoin, c'était la cuisinière de la Duchesse ; elle tenait la poivrière à la main, et Alice devina qui c'était, même avant qu'elle entrât dans la salle, en voyant éternuer, tout à coup et tous à la fois, les gens qui se trouvaient près de la porte.

" Faites votre déposition," dit le Roi.

" Non ! " dit la cuisinière.

Le Roi regarda d'un air inquiet le Lapin Blanc, qui lui dit à voix basse : " Il faut que Votre Majesté interroge ce témoin-là contradictoirement."

" Puisqu'il le faut, il le faut," dit le Roi, d'un air triste ; et, après avoir croisé les bras et froncé les sourcils en regardant la cuisinière, au point que les yeux lui étaient presque complétement rentrés dans la tête, il dit d'une voix creuse : " De quoi les tartes sont-elles faites ? "

" De poivre principalement ! " dit la cuisinière.

" De mélasse," dit une voix endormie derrière elle.

" Saisissez ce Loir au collet ! " cria la Reine. " Coupez la tête à ce Loir ! Mettez ce Loir à la porte ! Réprimez-le, pincez-le, arrachez-lui ses moustaches ! "

Pendant quelques instants, toute la cour fut sens dessus dessous pour mettre le Loir à la porte ; et, quand le calme fut rétabli, la cuisinière avait disparu.

" Cela ne fait rien," dit le Roi, comme soulagé d'un grand poids. " Appelez le troisième témoin ;" et il ajouta à voix basse en s'adressant à la Reine : " Vraiment, mon amie, il faut que vous

interrogiez cet autre témoin ; cela me fait trop
mal au front ! "

Alice regardait le Lapin Blanc tandis qu'il
tournait la liste dans ses doigts, curieuse de
savoir quel serait l'autre témoin. " Car les dépositions ne prouvent pas grand'chose jusqu'à
présent," se dit-elle. Imaginez sa surprise quand
le Lapin Blanc cria, du plus fort de sa petite
voix criarde : " Alice ! "

CHAPITRE XII.

DÉPOSITION D'ALICE.

"Voila !" cria Alice, oubliant tout à fait dans
le trouble du moment combien elle avait grandi
depuis quelques instants, et elle se leva si brus-
quement qu'elle accrocha le banc des jurés avec
le bord de sa robe, et le renversa, avec tous ses
occupants, sur la tête de la foule qui se trouvait
au-dessous, et on les vit se débattant de tous côtés,
comme les poissons rouges du vase qu'elle se
rappelait avoir renversé par accident la semaine
précédente.

"Oh ! je vous demande bien pardon !" s'écria-

t-elle toute confuse, et elle se mit à les ramasser bien vite, car l'accident arrivé aux poissons
rouges lui trottait dans la tête, et elle avait

une idée vague qu'il fallait les ramasser tout de suite et les remettre sur les bancs, sans quoi ils mourraient.

"Le procès ne peut continuer," dit le Roi d'une voix grave, "avant que les jurés soient tous à leurs places ; *tous !*" répéta-t-il avec emphase en regardant fixement Alice.

Alice regarda le banc des jurés, et vit que dans son empressement elle y avait placé le Lézard la tête en bas, et le pauvre petit être remuait la queue d'une triste façon, dans l'impossibilité de se redresser ; elle l'eut bientôt retourné et replacé convenablement. "Non que cela soit bien important," se dit-elle, "car je pense qu'il serait tout aussi utile au procès la tête en bas qu'autrement."

Sitôt que les jurés se furent un peu remis de la secousse, qu'on eut retrouvé et qu'on leur eut rendu leurs ardoises et leurs crayons, ils se mirent fort diligemment à écrire l'histoire de l'accident, à l'exception du Lézard, qui paraissait trop accablé pour faire autre chose que demeurer la bouche ouverte, les yeux fixés sur le plafond de la salle.

"Que savez-vous de cette affaire-là?" demanda le Roi à Alice.

"Rien," répondit-elle.

"Rien absolument?" insista le Roi.

"Rien absolument," dit Alice.

"Voilà qui est très-important," dit le Roi, se tournant vers les jurés. Ils allaient écrire cela sur leurs ardoises quand le Lapin Blanc interrompant : "Peu important, veut dire Votre Majesté, sans doute," dit-il d'un ton très-respectueux, mais en fronçant les sourcils et en lui faisant des grimaces.

"Peu important, bien entendu, c'est ce que je voulais dire," répliqua le Roi avec empressement. Et il continua de répéter à demi-voix : "Très-important, peu important, peu important, très-important;" comme pour essayer lequel des deux était le mieux sonnant.

Quelques-uns des jurés écrivirent "très-important," d'autres, "peu important." Alice voyait tout cela, car elle était assez près d'eux pour regarder sur leurs ardoises. " Mais cela ne fait absolument rien," pensa-t-elle.

A ce moment-là, le Roi, qui pendant quelque temps avait été fort occupé à écrire dans son carnet, cria : " Silence ! " et lut sur son carnet : "Règle Quarante-deux : *Toute personne ayant une taille de plus d'un mille de haut devra quitter la cour.*"

Tout le monde regarda Alice.

" Je n'ai pas un mille de haut," dit-elle.

" Si fait," dit le Roi.

" Près de deux milles," ajouta la Reine.

" Eh bien ! je ne sortirai pas quand même ; d'ailleurs cette règle n'est pas d'usage, vous venez de l'inventer."

" C'est la règle la plus ancienne qu'il y ait dans le livre," dit le Roi.

" Alors elle devrait porter le numéro Un."

Le Roi devint pâle et ferma vivement son carnet. " Délibérez," dit-il aux jurés d'une voix faible et tremblante.

" Il y a d'autres dépositions à recevoir, s'il plaît à Votre Majesté," dit le Lapin, se levant précipitamment ; " on vient de ramasser ce papier."

"Qu'est-ce qu'il y a dedans ? " dit la Reine.

" Je ne l'ai pas encore ouvert," dit le Lapin Blanc ; " mais on dirait que c'est une lettre écrite par l'accusé à—— à quelqu'un."

"Cela doit être ainsi," dit le Roi, "à moins qu'elle ne soit écrite à personne, ce qui n'est pas ordinaire, vous comprenez."

" A qui est-elle adressée ? " dit un des jurés.

" Elle n'est pas adressée du tout," dit le Lapin Blanc ; " au fait, il n'y a rien d'écrit à l'extérieur." Il déplia le papier tout en parlant et ajouta : " Ce n'est pas une lettre, après tout ; c'est une pièce de vers."

" Est-ce l'écriture de l'accusé ? " demanda un autre juré.

" Non," dit le Lapin Blanc, " et c'est ce qu'il y a de plus drôle." (Les jurés eurent tous l'air fort embarrassé.)

“ Il faut qu'il ait imité l'écriture d'un autre,” dit le Roi. (Les jurés reprirent l'air serein.)

“ Pardon, Votre Majesté,” dit le Valet, “ ce n'est pas moi qui ai écrit cette lettre, et on ne peut pas prouver que ce soit moi ; il n'y a pas de signature.”

“ Si vous n'avez pas signé,” dit le Roi, “ cela ne fait qu'empirer la chose ; il faut absolument que vous ayez eu de mauvaises intentions, sans cela vous auriez signé, comme un honnête homme.”

Là-dessus tout le monde battit des mains ; c'était la première réflexion vraiment bonne que le Roi eût faite ce jour-là.

“ Cela prouve sa culpabilité,” dit la Reine.

“ Cela ne prouve rien,” dit Alice. “ Vous ne savez même pas ce dont il s'agit.”

“ Lisez ces vers,” dit le Roi.

Le Lapin Blanc mit ses lunettes. “ Par où commencerai-je, s'il plaît à Votre Majesté ? ” demanda-t-il.

“ Commencez par le commencement,” dit gravement le Roi, “ et continuez jusqu'à ce que vous arriviez à la fin ; là, vous vous arrêterez.”

Voici les vers que lut le Lapin Blanc :

" *On m'a dit que tu fus chez elle*
Afin de lui pouvoir parler,
Et qu'elle assura, la cruelle,
Que je ne savais pas nager !

Bientôt il leur envoya dire
(Nous savons fort bien que c'est vrai !)
Qu'il ne faudrait pas en médire,
Ou gare les coups de balai !

J'en donnai trois, elle en prit une ;
Combien donc en recevrons-nous ?
(Il y a là quelque lacune.)
Toutes revinrent d'eux à vous.

Si vous ou moi, dans cette affaire,
Étions par trop embarrassés,
Prions qu'il nous laisse, confrère,
Tous deux comme il nous a trouvés.

Vous les avez, j'en suis certaine,
(Avant que de ses nerfs l'accès
Ne bouleversât l'inhumaine,)
Trompés tous trois avec succès.

Cachez-lui qu'elle les préfère ;
Car ce doit être, par ma foi,
(Et sera toujours, je l'espère)
Un secret entre vous et moi."

"Voilà la pièce de conviction la plus importante que nous ayons eue jusqu'à présent," dit le Roi en se frottant les mains ; "ainsi, que le jury maintenant——"

"S'il y a un seul des jurés qui puisse l'expliquer," dit Alice (elle était devenue si grande dans ces derniers instants qu'elle n'avait plus du tout peur de l'interrompre), "je lui donne une pièce de dix sous. Je ne crois pas qu'il y ait un atome de sens commun là-dedans."

Tous les jurés écrivirent sur leurs ardoises :
" Elle ne croit pas qu'il y ait un atome de sens
commun là-dedans," mais aucun d'eux ne tenta
d'expliquer la pièce de vers.

" Si elle ne signifie rien," dit le Roi, " cela
nous épargne un monde d'ennuis, vous comprenez ;
car il est inutile d'en chercher l'explication ; et
cependant je ne sais pas trop," continua-t-il en
étalant la pièce de vers sur ses genoux et les regardant d'un œil ; " il me semble que j'y vois
quelque chose, après tout. ' *Que je ne savais pas
nager !* ' Vous ne savez pas nager, n'est-ce pas ? "
ajouta-t-il en se tournant vers le Valet.

Le Valet secoua la tête tristement. " En ai-je
l'air," dit-il. (Non, certainement, il n'en avait
pas l'air, étant fait tout entier de carton.)

" Jusqu'ici c'est bien," dit le Roi ; et il continua de marmotter tout bas, " ' *Nous savons fort
bien que c'est vrai.*' C'est le jury qui dit cela,
bien sûr ! ' *J'en donnai trois, elle en prit une ;*'
justement, c'est là ce qu'il fit des tartes, vous
comprenez."

"Mais vient ensuite : *'Toutes revinrent d'eux à vous,'*" dit Alice.

"Tiens, mais les voici!" dit le Roi d'un air de triomphe, montrant du doigt les tartes qui étaient sur la table.

"Il n'y a rien de plus clair que cela ; et encore : *'Avant que de ses nerfs l'accès.'* Vous n'avez jamais eu d'attaques de nerfs, je crois, mon épouse?" dit-il à la Reine.

"Jamais!" dit la Reine d'un air furieux en

jetant un encrier à la tête du Lézard. (Le malheureux Jacques avait cessé d'écrire sur son ardoise
avec un doigt, car il s'était aperçu que cela ne
faisait aucune marque ; mais il se remit bien
vite à l'ouvrage en se servant de l'encre qui lui
découlait le long de la figure, aussi longtemps
qu'il y en eut.)

" Non, mon épouse, vous avez trop bon air,"
dit le Roi, promenant son regard tout autour de
la salle et souriant.   Il se fit un silence de
mort.

" C'est un calembour," ajouta le Roi d'un ton
de colère ; et tout le monde se mit à rire.   " Que
le jury délibère," ajouta le Roi, pour à peu près
la vingtième fois ce jour-là.

" Non, non," dit la Reine, " l'arrêt d'abord,
on délibèrera après."

" Cela n'a pas de bon sens ! " dit tout haut
Alice.   " Quelle idée de vouloir prononcer l'arrêt
d'abord ! "

" Taisez-vous," dit la Reine, devenant pourpre
de colère.

"Je ne me tairai pas," dit Alice.

"Qu'on lui coupe la tête !" hurla la Reine de toutes ses forces. Personne ne bougea.

"On se moque bien de vous," dit Alice (elle avait alors atteint toute sa grandeur naturelle). "Vous n'êtes qu'un paquet de cartes!"

Là-dessus tout le paquet sauta en l'air et retomba en tourbillonnant sur elle; Alice poussa un petit cri, moitié de peur, moitié de colère, et essaya de les repousser; elle se trouva étendue sur le gazon, la tête sur les genoux de sa sœur, qui écartait doucement de sa figure les feuilles mortes tombées en voltigeant du haut des arbres.

"Réveillez-vous, chère Alice!" lui dit sa sœur. "Quel long somme vous venez de faire!"

"Oh! j'ai fait un si drôle de rêve," dit Alice; et elle raconta à sa sœur, autant qu'elle put s'en souvenir, toutes les étranges aventures que vous venez de lire; et, quand elle eut fini son récit, sa sœur lui dit en l'embrassant: "Certes, c'est un bien drôle de rêve; mais maintenant courez à la maison prendre le thé; il se fait tard." Alice se leva donc et s'éloigna en courant, pensant le long du chemin, et avec raison, quel rêve merveilleux elle venait de faire.

Mais sa sœur demeura assise tranquillement,
tout comme elle l'avait laissée, la tête appuyée
sur la main, contemplant le coucher du soleil et
pensant à la petite Alice et à ses merveilleuses
aventures ; si bien qu'elle aussi se mit à rêver,
en quelque sorte ; et voici son rêve :—

D'abord elle rêva de la petite Alice person-
nellement :—les petites mains de l'enfant étaient
encore jointes sur ses genoux, et ses yeux
vifs et brillants plongeaient leur regard dans les
siens. Elle entendait jusqu'au son de sa voix ;
elle voyait ce singulier petit mouvement de tête
par lequel elle rejetait en arrière les cheveux

vagabonds qui sans cesse lui revenaient dans les yeux ; et, comme elle écoutait ou paraissait écouter, tout s'anima autour d'elle et se peupla des étranges créatures du rêve de sa jeune sœur. Les longues herbes bruissaient à ses pieds sous les pas précipités du Lapin Blanc ; la Souris effrayée faisait clapoter l'eau en traversant la mare voisine ; elle entendait le bruit des tasses, tandis que le Lièvre et ses amis prenaient leur repas qui ne finissait jamais, et la voix perçante de la Reine envoyant à la mort ses malheureux invités. Une fois encore l'enfant-porc éternuait sur les genoux de la Duchesse, tandis que les assiettes et les plats se brisaient autour de lui ; une fois encore la voix criarde du Griffon, le grincement du crayon d'ardoise du Lézard, et les cris étouffés des cochons d'Inde mis dans le sac par ordre de la cour, remplissaient les airs, en se mêlant aux sanglots que poussait au loin la malheureuse Fausse-Tortue.

C'est ainsi qu'elle demeura assise, les yeux fermés, et se croyant presque dans le Pays des

Merveilles, bien qu'elle sût qu'elle n'avait qu'à rouvrir les yeux pour que tout fût changé en une triste réalité : les herbes ne bruiraient plus alors que sous le souffle du vent, et l'eau de la mare ne murmurerait plus qu'au balancement des roseaux ; le bruit des tasses deviendrait le tintement des clochettes au cou des moutons, et elle reconnaîtrait les cris aigus de la Reine dans la voix perçante du petit berger ; l'éternuement du bébé, le cri du Griffon et tous les autres bruits étranges ne seraient plus, elle le savait bien, que les clameurs confuses d'une cour de ferme, tandis que le beuglement des bestiaux dans le lointain remplacerait les lourds sanglots de la Fausse-Tortue.

Enfin elle se représenta cette même petite sœur, dans l'avenir, devenue elle aussi une grande personne ; elle se la représenta conservant, jusque dans l'âge mûr, le cœur simple et aimant de son enfance, et réunissant autour d'elle d'autres petits enfants dont elle ferait briller les yeux vifs et curieux au récit de bien des aventures étranges,

et peut-être même en leur contant le songe du
Pays des Merveilles du temps jadis : elle la voyait
partager leurs petits chagrins et trouver plaisir à
leurs innocentes joies, se rappelant sa propre
enfance et les heureux jours d'été.

A CATALOG OF SELECTED

DOVER BOOKS

IN ALL FIELDS OF INTEREST

A CATALOG OF SELECTED DOVER
BOOKS IN ALL FIELDS OF INTEREST

CONCERNING THE SPIRITUAL IN ART, Wassily Kandinsky. Pioneering work by father of abstract art. Thoughts on color theory, nature of art. Analysis of earlier masters. 12 illustrations. 80pp. of text. 5⅜ × 8½.   23411-8 Pa. $3.95

ANIMALS: 1,419 Copyright-Free Illustrations of Mammals, Birds, Fish, Insects, etc., Jim Harter (ed.). Clear wood engravings present, in extremely lifelike poses, over 1,000 species of animals. One of the most extensive pictorial sourcebooks of its kind. Captions. Index. 284pp. 9 × 12.   23766-4 Pa. $11.95

CELTIC ART: The Methods of Construction, George Bain. Simple geometric techniques for making Celtic interlacements, spirals, Kells-type initials, animals, humans, etc. Over 500 illustrations. 160pp. 9 × 12. (USO)   22923-8 Pa. $8.95

AN ATLAS OF ANATOMY FOR ARTISTS, Fritz Schider. Most thorough reference work on art anatomy in the world. Hundreds of illustrations, including selections from works by Vesalius, Leonardo, Goya, Ingres, Michelangelo, others. 593 illustrations. 192pp. 7⅛ × 10¼.   20241-0 Pa. $8.95

CELTIC HAND STROKE-BY-STROKE (Irish Half-Uncial from "The Book of Kells"): An Arthur Baker Calligraphy Manual, Arthur Baker. Complete guide to creating each letter of the alphabet in distinctive Celtic manner. Covers hand position, strokes, pens, inks, paper, more. Illustrated. 48pp. 8¼ × 11.
24336-2 Pa. $3.95

EASY ORIGAMI, John Montroll. Charming collection of 32 projects (hat, cup, pelican, piano, swan, many more) specially designed for the novice origami hobbyist. Clearly illustrated easy-to-follow instructions insure that even beginning papercrafters will achieve successful results. 48pp. 8¼ × 11.   27298-2 Pa. $2.95

THE COMPLETE BOOK OF BIRDHOUSE CONSTRUCTION FOR WOOD-WORKERS, Scott D. Campbell. Detailed instructions, illustrations, tables. Also data on bird habitat and instinct patterns. Bibliography. 3 tables. 63 illustrations in 15 figures. 48pp. 5¼ × 8½.   24407-5 Pa. $1.95

BLOOMINGDALE'S ILLUSTRATED 1886 CATALOG: Fashions, Dry Goods and Housewares, Bloomingdale Brothers. Famed merchants' extremely rare catalog depicting about 1,700 products: clothing, housewares, firearms, dry goods, jewelry, more. Invaluable for dating, identifying vintage items. Also, copyright-free graphics for artists, designers. Co-published with Henry Ford Museum & Greenfield Village. 160pp. 8¼ × 11.   25780-0 Pa. $9.95

HISTORIC COSTUME IN PICTURES, Braun & Schneider. Over 1,450 costumed figures in clearly detailed engravings—from dawn of civilization to end of 19th century. Captions. Many folk costumes. 256pp. 8⅜ × 11¾.   23150-X Pa. $10.95

AUTOBIOGRAPHY: The Story of My Experiments with Truth, Mohandas K. Gandhi. Boyhood, legal studies, purification, the growth of the Satyagraha (nonviolent protest) movement. Critical, inspiring work of the man responsible for the freedom of India. 480pp. 5⅜ × 8½. (USO) 24593-4 Pa. $7.95

CELTIC MYTHS AND LEGENDS, T. W. Rolleston. Masterful retelling of Irish and Welsh stories and tales. Cuchulain, King Arthur, Deirdre, the Grail, many more. First paperback edition. 58 full-page illustrations. 512pp. 5⅜ × 8½. 26507-2 Pa. $9.95

THE PRINCIPLES OF PSYCHOLOGY, William James. Famous long course complete, unabridged. Stream of thought, time perception, memory, experimental methods; great work decades ahead of its time. 94 figures. 1,391pp. 5⅜ × 8½. 2-vol. set.
Vol. I: 20381-6 Pa. $12.95
Vol. II: 20382-4 Pa. $12.95

THE WORLD AS WILL AND REPRESENTATION, Arthur Schopenhauer. Definitive English translation of Schopenhauer's life work, correcting more than 1,000 errors, omissions in earlier translations. Translated by E. F. J. Payne. Total of 1,269pp. 5⅜ × 8½. 2-vol. set.
Vol. 1: 21761-2 Pa. $10.95
Vol. 2: 21762-0 Pa. $11.95

MAGIC AND MYSTERY IN TIBET, Madame Alexandra David-Neel. Experiences among lamas, magicians, sages, sorcerers, Bonpa wizards. A true psychic discovery. 32 illustrations. 321pp. 5⅜ × 8½. (USO) 22682-4 Pa. $8.95

THE EGYPTIAN BOOK OF THE DEAD, E. A. Wallis Budge. Complete reproduction of Ani's papyrus, finest ever found. Full hieroglyphic text, interlinear transliteration, word-for-word translation, smooth translation. 533pp. 6½ × 9¼. 21866-X Pa. $9.95

MATHEMATICS FOR THE NONMATHEMATICIAN, Morris Kline. Detailed, college-level treatment of mathematics in cultural and historical context, with numerous exercises. Recommended Reading Lists. Tables. Numerous figures. 641pp. 5⅜ × 8½. 24823-2 Pa. $11.95

THEORY OF WING SECTIONS: Including a Summary of Airfoil Data, Ira H. Abbott and A. E. von Doenhoff. Concise compilation of subsonic aerodynamic characteristics of NACA wing sections, plus description of theory. 350pp. of tables. 693pp. 5⅜ × 8½. 60586-8 Pa. $13.95

THE RIME OF THE ANCIENT MARINER, Gustave Doré, S. T. Coleridge. Doré's finest work; 34 plates capture moods, subtleties of poem. Flawless full-size reproductions printed on facing pages with authoritative text of poem. "Beautiful. Simply beautiful."—*Publisher's Weekly*. 77pp. 9¼ × 12. 22305-1 Pa. $5.95

NORTH AMERICAN INDIAN DESIGNS FOR ARTISTS AND CRAFTSPEOPLE, Eva Wilson. Over 360 authentic copyright-free designs adapted from Navajo blankets, Hopi pottery, Sioux buffalo hides, more. Geometrics, symbolic figures, plant and animal motifs, etc. 128pp. 8⅜ × 11. (EUK) 25341-4 Pa. $7.95

SCULPTURE: Principles and Practice, Louis Slobodkin. Step-by-step approach to clay, plaster, metals, stone; classical and modern. 253 drawings, photos. 255pp. 8⅛ × 11. 22960-2 Pa. $9.95

THE WIT AND HUMOR OF OSCAR WILDE, Alvin Redman (ed.). More than 1,000 ripostes, paradoxes, wisecracks: Work is the curse of the drinking classes; I can resist everything except temptation; etc. 258pp. 5⅜ × 8½. 20602-5 Pa. $4.95

SHAKESPEARE LEXICON AND QUOTATION DICTIONARY, Alexander Schmidt. Full definitions, locations, shades of meaning in every word in plays and poems. More than 50,000 exact quotations. 1,485pp. 6½ × 9¼. 2-vol. set.
Vol. 1: 22726-X Pa. $15.95
Vol. 2: 22727-8 Pa. $15.95

SELECTED POEMS, Emily Dickinson. Over 100 best-known, best-loved poems by one of America's foremost poets, reprinted from authoritative early editions. No comparable edition at this price. Index of first lines. 64pp. 5³⁄₁₆ × 8¼.
26466-1 Pa. $1.00

CELEBRATED CASES OF JUDGE DEE (DEE GOONG AN), translated by Robert van Gulik. Authentic 18th-century Chinese detective novel; Dee and associates solve three interlocked cases. Led to van Gulik's own stories with same characters. Extensive introduction. 9 illustrations. 237pp. 5⅜ × 8½.
23337-5 Pa. $5.95

THE MALLEUS MALEFICARUM OF KRAMER AND SPRENGER, translated by Montague Summers. Full text of most important witchhunter's "bible," used by both Catholics and Protestants. 278pp. 6⅝ × 10. 22802-9 Pa. $10.95

SPANISH STORIES/CUENTOS ESPAÑOLES: A Dual-Language Book, Angel Flores (ed.). Unique format offers 13 great stories in Spanish by Cervantes, Borges, others. Faithful English translations on facing pages. 352pp. 5⅜ × 8½.
25399-6 Pa. $8.95

THE CHICAGO WORLD'S FAIR OF 1893: A Photographic Record, Stanley Appelbaum (ed.). 128 rare photos show 200 buildings, Beaux-Arts architecture, Midway, original Ferris Wheel, Edison's kinetoscope, more. Architectural emphasis; full text. 116pp. 8¼ × 11. 23990-X Pa. $9.95

OLD QUEENS, N.Y., IN EARLY PHOTOGRAPHS, Vincent F. Seyfried and William Asadorian. Over 160 rare photographs of Maspeth, Jamaica, Jackson Heights, and other areas. Vintage views of DeWitt Clinton mansion, 1939 World's Fair and more. Captions. 192pp. 8⅞ × 11. 26358-4 Pa. $12.95

CAPTURED BY THE INDIANS: 15 Firsthand Accounts, 1750–1870, Frederick Drimmer. Astounding true historical accounts of grisly torture, bloody conflicts, relentless pursuits, miraculous escapes and more, by people who lived to tell the tale. 384pp. 5⅜ × 8½. 24901-8 Pa. $7.95

THE WORLD'S GREAT SPEECHES, Lewis Copeland and Lawrence W. Lamm (eds.). Vast collection of 278 speeches of Greeks to 1970. Powerful and effective models; unique look at history. 842pp. 5⅜ × 8½. 20468-5 Pa. $13.95

THE BOOK OF THE SWORD, Sir Richard F. Burton. Great Victorian scholar/adventurer's eloquent, erudite history of the "queen of weapons"—from prehistory to early Roman Empire. Evolution and development of early swords, variations (sabre, broadsword, cutlass, scimitar, etc.), much more. 336pp. 6⅛ × 9¼. 25434-8 Pa. $8.95

THE INFLUENCE OF SEA POWER UPON HISTORY, 1660–1783, A. T. Mahan. Influential classic of naval history and tactics still used as text in war colleges. First paperback edition. 4 maps. 24 battle plans. 640pp. 5⅜ × 8½.
25509-3 Pa. $12.95

THE STORY OF THE TITANIC AS TOLD BY ITS SURVIVORS, Jack Winocour (ed.). What it was really like. Panic, despair, shocking inefficiency, and a little heroism. More thrilling than any fictional account. 26 illustrations. 320pp. 5⅜ × 8½. 20610-6 Pa. $7.95

FAIRY AND FOLK TALES OF THE IRISH PEASANTRY, William Butler Yeats (ed.). Treasury of 64 tales from the twilight world of Celtic myth and legend: "The Soul Cages," "The Kildare Pooka," "King O'Toole and his Goose," many more. Introduction and Notes by W. B. Yeats. 352pp. 5⅜ × 8½. 26941-8 Pa. $7.95

BUDDHIST MAHAYANA TEXTS, E. B. Cowell and Others (eds.). Superb, accurate translations of basic documents in Mahayana Buddhism, highly important in history of religions. The Buddha-karita of Asvaghosha, Larger Sukhavativyuha, more. 448pp. 5⅜ × 8½. 25552-2 Pa. $9.95

ONE TWO THREE . . . INFINITY: Facts and Speculations of Science, George Gamow. Great physicist's fascinating, readable overview of contemporary science: number theory, relativity, fourth dimension, entropy, genes, atomic structure, much more. 128 illustrations. Index. 352pp. 5⅜ × 8½. 25664-2 Pa. $8.95

ENGINEERING IN HISTORY, Richard Shelton Kirby, et al. Broad, nontechnical survey of history's major technological advances: birth of Greek science, industrial revolution, electricity and applied science, 20th-century automation, much more. 181 illustrations. ". . . excellent . . ."—Isis. Bibliography. vii + 530pp. 5⅜ × 8¼.
26412-2 Pa. $14.95

Prices subject to change without notice.

Available at your book dealer or write for free catalog to Dept. GI, Dover Publications, Inc., 31 East 2nd St., Mineola, N.Y. 11501. Dover publishes more than 500 books each year on science, elementary and advanced mathematics, biology, music, art, literary history, social sciences and other areas.